DREAMBOOKS★

DREAMBOOKS★

DREAMBOOKS★

신화의 전장

신화의 전장 7

초판 1쇄 인쇄 2019년 8월 9일
초판 1쇄 발행 2019년 8월 23일

지은이 박정수
발행인 오영배
편집 편집부
일러스트 엑저
본문 디자인 오정인
제작 조하늬

펴낸 곳 (주)삼양출판사 · 드림북스
주소 서울시 강북구 도봉로 173
대표 전화 02-980-2112 **팩스** 02-983-0660
편집부 전화 02-987-9393 **팩스** 02-980-2115
블로그 blog.naver.com/dreambookss
출판등록 1999년 3월 11일 제9-00046호

ISBN 979-11-283-9626-7 (04810) / 979-11-283-9403-4 (세트)

+ 이 도서의 국립중앙도서관 출판시도서목록(CIP)은 서지정보유통지원시스템홈페이지(http://seoji.nl.go.kr)와 국가자료공동목록시스템(http://www.nl.go.kr/kolisnet)에서 이용하실 수 있습니다. (CIP제어번호: CIP2019029966)

신화의 전장

7

박정수 현대판타지 장편소설

MODERN FANTASY STORY & ADVENTURE

목차

1장 ―― 007
2장 ―― 031
3장 ―― 061
4장 ―― 087
5장 ―― 119
6장 ―― 145
7장 ―― 177
8장 ―― 209
9장 ―― 239
10장 ―― 265
11장 ―― 293
12장 ―― 327

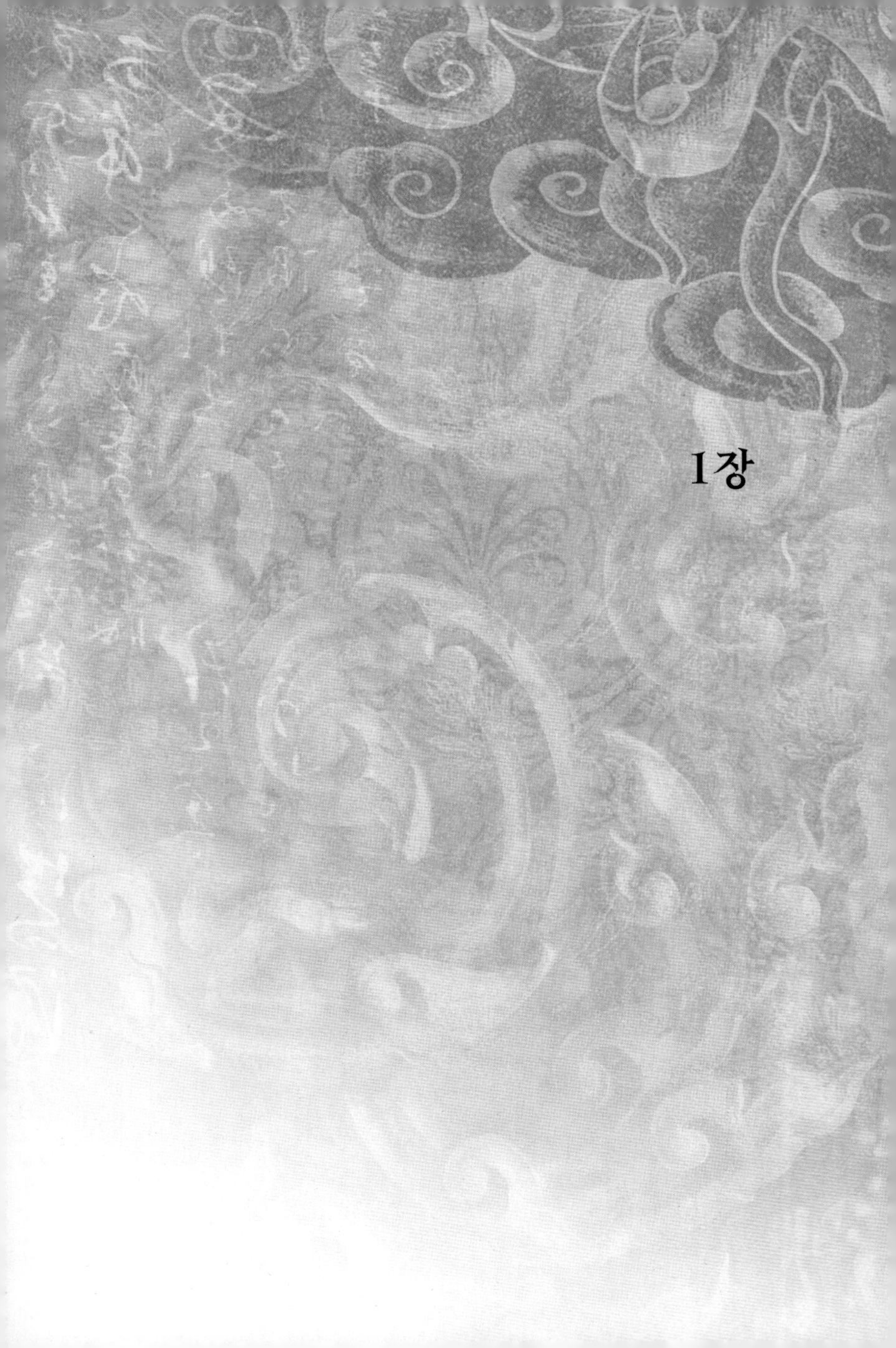

1장

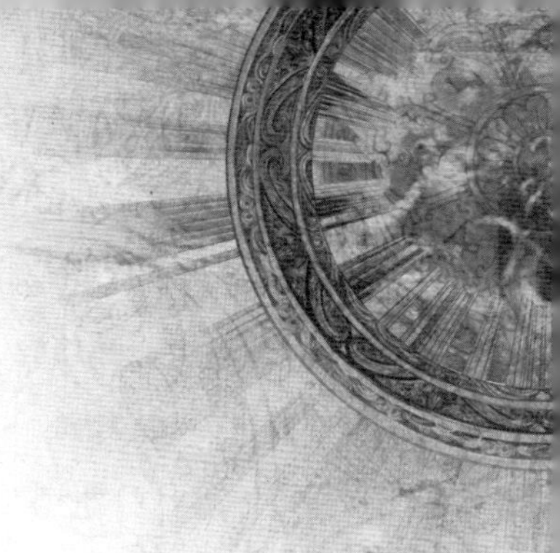

"크허어어엉!"

울음은 지천을 흔들었다.

박현은 반체로 스피드와 도약력을 높인 다음에 진체로 변해 날카로운 발톱을 세워 멧돼지를 향해 앞발을 휘둘렀다.

쾅!

묵직한 파음이 부딪혀 가는 멧돼지의 얼굴에서 만들어졌다.

"쿠르르."

하지만 멧돼지의 머리는 툭 한 번 흔들린 것 말고는 아무런 영향이 없었다. 박현을 향해 달려드는 속도 또한 줄지 않았다. 마치 달리는 길목에 나뭇가지 하나 스친 것처럼.

쿠웅—

멧돼지와 박현이 부딪혔다.

박현은 멧돼지의 어금니를 움켜잡고는 가슴으로 힘을 줄이며 차수(次手)를 생각했다.

"……!"

쿠우웅!

하지만, 이어진 충격은 기대했던 상황과 전혀 달랐다.

이건 숫제 덤프트럭을 마주한 느낌이었다.

어째 멧돼지에게 힘 한 번 써보지 못하고 그대로 밀려버린 것이었다.

박현은 십여 미터(m)를 날아 바닥에 나뒹굴었다.

"크르르."

박현은 반쯤 엎드린 상태로 다시 달려오는 멧돼지를 보았다.

기맥 파폭, 가장 가까운 곳에서 모습을 드러낸다는 천급 마물.

천외천에 버금간다 하더니, 그 힘이 장난이 아니었다.

또한 자신의 발톱마저 파고들지 못할 두꺼운 피부와 쇠솔 같은 털까지.

"쿠허어어어!"

박현은 백호의 진체를 빠르게 반체의 백우로 바꿨다.

힘 대 힘.

박현은 한 마리 투우처럼 땅바닥을 헤집으며 멧돼지를 향해 달려 나갔다.

콰앙!

마치 두 대의 트럭이 부딪친 거처럼 무지막지한 충돌음이 둘 사이에서 만들어졌다.

『크!』

작정하고 밀어붙였는데 밀린 건 박현이었다. 박현은 뒤로 3m가량 바닥에 긴 고랑을 만들며 밀려났다.

천급, 마물 멧돼지도 어느 정도 충격을 받은 듯 잠시 주춤하는 모습이었다.

'내가 힘에 밀려?'

백우가 되고 나서 처음 있는 일이었다.

"쿠르르."

박현은 바닥을 쓸며 다시 멧돼지를 향해 달려들었다.

그리고 힘은 살짝 부족하지만 훨씬 자유로운 진체로 부딪혔다.

쿵!

박현은 다시 멧돼지의 어금니를 꽉 틀어쥐었다.

그그극!

힘에 밀려 바닥을 긁으며 밀려났지만 반체와 달리 진체

는 손발이 자유로웠다. 박현은 허리에 힘을 바싹 주며 몸을 낮춰 멧돼지의 머리를 아래로 짓눌렀다.

머리가 아래로 내려가자 멧돼지도 더는 힘을 쓰지 못하고 걸음을 멈췄다.

하지만 박현도 더 이상 힘으로 누르는 건 힘들었다.

백우의 진체도 그다지 크게 보이지 않을 정도로 멧돼지의 몸은 더욱 컸기 때문이었다.

"크르르르."

"크르르!"

둘의 싸움에 호족 전사들이 울음을 터트렸다.

"기다려."

조완희.

호효상이 진체를 풀고 조완희를 쳐다보았다.

"대장전이야. 대장 기는 한번 살려줘야지."

그 말에 호효상뿐만 아니라 호족 전사들도 펄펄 날뛰던 투기를 살짝 가라앉혔다.

"그래도 긴장 풀지 마."

조완희는 손목의 시계를 쳐다보았다.

"10분, 그 안에 해결 안 되면 그때 들어가. 지금은 현이의 자존심을 지켜줘."

"흠."

데니안은 바위 위에 서서 팔짱을 낀 채 박현과 멧돼지의 힘겨루기를 쳐다보고 있었다.

"엄청나군."

"그럼, 누구 동생인데."

애자도 그의 옆에 서서 둘의 싸움을 쳐다보고 있었다.

"달링이라면 어때?"

애자의 목소리는 여유로웠다.

"장담하기 어려워."

"팀이라면?"

"팀이라면 쉽게 잡지."

늑대인간, 라이칸스로프는 싸움이 아닌 사냥을 한다.

집단 싸움에 능하다는 말.

"한국산 무구 재료가 좋다 하더니, 몬스터가 엄청나군."

데니안은 흥미로운 눈으로 멧돼지를 살피다가 문득 든 생각이 있는지 애자를 쳐다보았다.

"우리 허니라면?"

"나?"

애자는 순간 당황한 표정을 지어 보였다.

"이제 숨길 필요 없잖아. 허니라면 어때?"

"……그."

"괜찮아. 그리고 미안해."

데니안이 사과했다.

"갑자기 왜 사과해?"

애자는 눈을 동그랗게 뜨며 물었다.

"나 때문에 답답했을 거 아니야. 괜히 내 눈치 본다고."

미국 라이칸스로프 내에서 애자는 걸걸한 성격에 알파를 넘보는 특이한 동양 늑대인간으로 알려져 있었다. 즉, 평가는 알파의 반수 아래였다.

"……그거야."

사실 반은 맞고 반은 틀렸다.

라이칸스로프 무리에 들어가기 위해 힘을 숨긴 건 맞지만, 그녀가 힘을 드러내지 않는 이유는 아버지의 흔적을 좀 더 편하게 찾기 위함이었다.

애자는 데니안의 뺨을 사랑스럽게 어루만졌다.

굳이 그의 오해를 풀어줄 필요는 없었다.

"알러뷰, 달링."

애자와 데니안은 눈이 마주치자 급격히 달려들어 진한 키스를 나눴다.

주물럭— 주물럭—

"왜 남의 뺨을 주물럭거리며 키스를 해야."

서기원은 눈물을 글썽였다.

'확 깨져 부려야.'

서기원은 차마 입 밖으로 내뱉지는 못했다.

*　　*　　*

쾅! 쾅! 쾅!

백우, 박현은 멧돼지의 힘을 때로는 맞서고, 때로는 흘리며 하염없이 멧돼지의 머리에 주먹을 때려 박았다.

'이 새끼.'

박현은 씨익 웃으면서도 굳은 눈매는 풀지 않았다.

조금씩 충격이 더해지는 것 같았지만, 문제는 멧돼지의 맷집이 그걸 아득히 넘어선다는 것이었다.

"쿠헤에엑!"

멧돼지가 몸과 머리를 거칠게 흔들자 박현은 그 힘을 이기지 못하고 옆으로 튕겨졌다.

그러자 그동안 참고 있던 힘을 한꺼번에 쏟아붓듯 멧돼지는 흙더미를 날리며 박현에게로 달려들어 어금니를 틀어 박았다.

박현도 땅에 다리를 깊숙하게 박으며 멧돼지의 충격에 맞섰다.

콰아앙—

박현은 맥없이 뒤로 날아가 나무에 부딪히며 바닥으로 떨어졌다.

콰과과과곽!

그런 그에게 멧돼지가 다시 달려들었다.

"쿠허!"

박현은 커다란 몸집답지 않게 재빨리 옆으로 몸을 날려 피했다.

콰지끈!

멧돼지는 박현이 등지고 있던 커다란 나무를 부쉈다. 나무가 박현이라고 착각을 했던지, 아니면 화풀이를 하는 건지 멧돼지는 몇 차례 부러진 나무를 짓이기고 나서야 박현을 향해 몸을 돌렸다.

"1분 남았다."

조완희.

박현은 자신을 노려보는 멧돼지를 보며 목을 두둑 꺾었다.

'음.'

혹여나 음기에 휩쓸리지 않을까 싶어서 박현은 멧돼지를 상대하는 데 살짝 소극적으로 움직였다.

그런데 생각보다 음기의 영향이 없었다.

뭐라고 해야 할까.

몽롱하기는 한데, 지나치지 않다.

살짝 들뜬 정도?

'안 풀리면 흑기를 써.'

비희의 말이 떠올랐다.

음기와 흑기.

의외로 궁합이 좋을 수 있다는 생각이 들었다.

'1분.'

까짓것.

박현은 꽁꽁 틀어놓았던 흑기를 풀었다.

"쿠르르르르!"

박현의 몸에서 검은 흑기가 흘러나오며 그의 몸에 검은 색 테비(tabby)가 선명하게 만들어졌다.

"야! 박현!"

조완희의 목소리가 튀어나왔지만 박현은 아랑곳하지 않고 씨익 웃음을 드러냈다.

서늘한 웃음기.

번들거리는 눈빛.

몽롱하지만 이상하게 흑기에 취하진 않은 상태였다.

* * *

"저게 그 흑기인가?"

데니안이 눈을 치켜뜨며 박현을 쳐다보았다.

"괜찮아? 안 말려도?"

데니안이 물었다.

자세한 건 모르지만 흑기가 위험하다는 건 얼핏 들어 알고 있었다.

"괜찮아."

"그래, 괜찮으니까 어서 말……, 응?"

"응?"

데니안의 목소리와 서기원의 목소리가 같이 들렸다.

"괜찮아."

"진짜여야?"

서기원이 초롱초롱한 눈으로 껌뻑이며 애자를 올려보았다.

"우쭈쭈, 걱정했오?"

애자는 이 기회를 놓치지 않고 서기원의 뺨을 꼬집었다.

"그럼 걱정 안 해야?"

서기원은 애자의 손을 툭 쳐냈다.

"쓰읍."

애자가 눈을 부라리자.

스윽—

서기원은 다시 애자의 손을 자신의 뺨으로 가져왔다.

눈물 맺힌 사슴의 눈망울을 하고서는.

"잘 봐. 우리 막내의 진정한 힘은 지금부터니까."

애자는 씨익 웃음을 드러냈다.

'얼른얼른 커라. 우리 막내.'

애자는 흑기를 드러내는 박현을 쳐다보았다.

*　　*　　*

콰앙!

흑기를 두른 백우의 박현과 거대한 멧돼지가 다시 부딪혔다.

이번에도 박현이 뒤로 밀렸지만, 조금 전과 상황은 달랐다. 뒤로 밀리는가 싶더니 이내 두 다리를 땅에 박으며 버텨낸 것이었다.

스스스스—

멧돼지의 어금니를 움켜잡은 채 박현이 주먹을 들어올렸다.

그런 박현의 주먹 주위로 반딧불처럼 느껴지는 보랏빛 섞인 검은 알갱이들이 모여들었다. 그리고 그 음기는 박현의 주먹으로 스며들기 시작했다.

콰아아앙!

엄청난 타격음이 만들어졌다.

*　*　*

콰아아앙!

박현이 주먹을 마물 멧돼지의 머리에 내려찍었다.

퍼석!

마물 멧돼지의 머리는 박현의 힘을 이기지 못하고 바닥에 내려꽂혔다.

"쿠헤에엑!"

멧돼지는 금세 자리를 털고 일어나 박현의 복부를 향해 어금니를 찍어 올렸다.

하지만 박현은 한 손으로 어금니를 움켜잡으며 다시 멧돼지의 머리를 밑으로 눌렀다.

멧돼지의 머리는 조금씩조금씩 아래로 내려갔다.

'가볍다.'

멧돼지의 힘도 가볍게 느껴졌다.

실제로 가벼워진 건 아니리라.

자신의 힘이 강해진 걸까?

그것도 아니리라.

음기.

그리고 자신의 흑기.

흑기는 음기를 포용하며 상극의 반발을 없앴다.

아니, 그 정도가 아니었다.

음기가 사실 흑기가 아니었을까 싶을 정도로 음기는 흑기에 흡수되었다.

그러는 사이 멧돼지는 머리를 마구 흔들었다.

가벼워졌다고는 하지만 멧돼지의 반발은 결코 만만치 않았다.

이미 농도 짙은 음기를 흡수한 터라 마물 중에 마물이 되어버린 터였다.

쿵!

멧돼지는 앞발을 바닥에 찍으며 다시 머리를 들어올렸다.

박현은 좀 더 억세게 멧돼지의 머리를 눌렀지만 멧돼지가 작정하고 힘을 주자 박현도 조금씩 힘에 밀려났다.

박현이 밀린다 싶자 멧돼지는 더욱 힘을 줘 박현을 머리 위로 들어 올려 매단 채 바위를 향해 달려 나갔다.

콰과과곽! 퍼서석—

박현은 어쩔 수 없이 옆으로 몸을 날렸고, 멧돼지는 바위를 산산이 부서트렸다.

그 힘은 장난이 아니었다.

하지만 박현은 씨익 웃음을 드러냈다.

"1분."

박현이 서서히 몸을 일으키는 호족 전사들을 향해 짧게 말을 툭 던졌다.

박현은 낮게 울음을 토해내고는 자신을 향해 땅을 헤집는 멧돼지를 보며 몸을 살짝 웅크렸다.

"크하앙!"

백우에서 백호로.

단지 진체만 바꾼 것이 아니었다.

본격적으로 흑기를 풀어헤쳤다.

스스슷—

백호의 검은 테비가 마치 한지에 퍼져가는 먹물처럼 그의 하얀 부분을 덮어갔다.

그런 검게 변해가는 흑호의 박현 주위로 보랏빛을 띠는 검은 알갱이들이 모여들기 시작했다.

"크르르르!"

박현의 동공은 태극에서 검게 변했다.

칠흑 같은 검은 동공은 어느 순간 음기처럼 보랏빛을 띠기 시작했다.

"크하아아아아앙!"

박현의 울음이 터졌고.

퍽—

박현의 몸에서 보랏빛 음기를 담은 흑기가 폭발하듯 흘

러나갔다.

구구구구구구구!

멧돼지는 달라진 박현의 모습에 흠칫했지만 이미 음기에 이성을 잡아먹힌 상태. 멧돼지는 모든 힘을 쥐어짜내 마치 불도저처럼 박현을 밀고 들어갔다.

박현의 눈동자에 어린 보랏빛이 언뜻 붉어졌다가 사라졌다.

완벽하게 어둠의 흑호로 들어선 것이었다.

박현의 시야에, 자신을 둘러싼 배경이 모두 지워졌다.

지워진 배경 위로 오로지 멧돼지만 떠올랐다.

"크하아앙!"

힘에 밀릴 것을 알면서도 박현은 멧돼지와 부딪혀 갔다.

쿠웅!

박현은 양손으로 멧돼지의 어금니를 움켜잡으며 밀고 들어오는 힘을 가슴으로 받았다.

콰곽!

굳건한 박현의 두 발이 땅 아래로 푹 꺼지듯 파묻혔다.

하지만 달라진 점이 있었으니.

단 몇 cm도 뒤로 밀리지 않았다.

오히려 멧돼지가 제힘을 이기지 못하고 허공으로 30cm 가량 붕 뜰 정도였다.

박현은 붕 뜬 멧돼지를 비틀었다.

우둑!

어금니 하나가 박현의 손아귀를 버티지 못하고 부러졌다.

"꾸에엑!"

어금니가 부러지는 것이 뭐 그리 고통을 줄까 싶지만 멧돼지는 털을 곤두세운 채 몸부림치며 울음을 토해냈다.

콱!

박현은 그런 멧돼지 턱 밑으로 날카로운 발톱을 들이밀었다.

결코 뚫을 수 없을 것만 같던 멧돼지의 살을 박현의 발톱이 어렵지 않게 파고들었다.

박현은 멧돼지의 턱살을 움켜잡으며 발톱을 더욱 밀어넣었다.

"꾸에에엑!"

멧돼지는 더욱 날뛰었지만, 박현의 발톱은 마치 낚싯바늘처럼 살집에 걸려 빠지지 않았다.

꾸우욱!

어느 순간 박현의 팔뚝 근육이 풍선처럼 부풀어 오르기 시작했다.

부푼 근육은 팔뚝으르부터 시작해서 어깨를 거쳐 가슴과

등으로 이어졌다.

"크하앙!"

박현은 단숨에 멧돼지의 턱을 움켜잡은 채 위로 들어올렸다.

멧돼지는 거칠게 반항했지만 박현은 우격다짐으로 들어 올린 후 왼손을 활짝 폈다. 그리고 손가락 끝으로 낫처럼 날카로운 발톱이 드러났다.

서걱!

박현은 단숨에 멧돼지의 목을 할퀴었다.

아니, 베었다.

마치 잘 벼려진 칼날처럼 깔끔하게 멧돼지의 목을 베어 버린 것이었다.

"꾀이이이이— 꾀이이이!"

목이 베이자 멧돼지는 더욱 미쳐 날뛰었다.

박현이 그런 멧돼지를 끌어당기자 후욱— 하고 피 냄새가 들어왔다.

"킁!"

박현의 코가 벌렁거렸다.

"크르르."

그리고 떠오른 기억.

잊혀진, 아니 잊은 기억.

처음 이성을 잃고 백호가 되었을 때, 그는 다른 신들을 잡아먹었었다.

콰직!

박현은 오른손을 뻗어 멧돼지의 어깨를 움켜잡았다. 그리고 왼손의 발톱을 낚싯바늘처럼 이용하여 어깨근육을 파고들었다.

"크하악!"

박현은 멧돼지를 끌어당겨 목을 물었다.

피가 목을 타고 넘어갔다.

아니, 그렇게 보였다.

멧돼지의 피는 박현의 입으로 들어가는 순간 마치 수증기처럼 바뀌어 그의 몸으로 스며들었다. 마치 스펀지가 물을 빨아당기는 것처럼 말이다.

이건 목에 입을 대고 마시는 게 아니라, 피가 알아서 박현의 입으로 들어가는 것이나 매한가지였다.

거구의 멧돼지가 앙상하게 거죽만 남은 몰골이 되는 건 한순간이었다.

지켜보는 이들이 '어? 어?' 몇 번 당황하는 사이, 멧돼지는 마치 바람 빠지는 풍선처럼 급격히 쪼그라들었다.

툭!

그리고 뼈가 부딪혀 달그락거리며 멧돼지 거죽이 바닥으

로 툭 떨어졌다.

"크하아아아앙!"

박현은 하늘을 올려다보며 포효했다.

*　　*　　*

"뭐, 뭐야?"

데니안은 박현이 백호에서 흑호로 변한 것도 놀라울 지경인데, 음기를 흡수하는 것으로도 모자라 마물의 기운마저 흡수하자 놀라움을 감추지 못했다.

"크하아아아앙!"

박현의 포효에 데니안의 얼굴이 굳어졌다.

심장이 쪼그라들 정도로 울음에 담긴 기운이 무거웠기 때문이었다.

"무겁지?"

애자가 물었다.

"그보다 찐득찐득해. 마치 늪처럼."

애자는 박현을 보며 흐뭇한 미소를 지었다.

"아버지를 따라가려면 멀었지만 얼추 닮아는 가네."

"……저게 멀었다고?"

데니안은 믿을 수 없다는 듯 애자를 쳐다보았다.

"자기, 잊었어? 태고의 용이야. 그리고 우리만 짐작하는 바인데…… 태고가 아닌 태초가 아닌가 싶어."

데니안은 입술을 꾹 다물며 박현을 쳐다보았다.

"살기가 너무 지독해. 피냄새처럼. 위험한 거 아니야?"

"전혀."

애자는 고개를 저었다.

"진짜?"

"솔직히 말하자면 조금?"

"괜찮아?"

"괜찮아. 어차피 거쳐야 할 길이야. 그리고 극에 달하면 똑같아. 흑이든 백이든."

애자는 뿌듯한 눈으로 박현을 쳐다보았다.

"쩝."

조완희는 멧돼지 가죽을 살피더니 고개를 절레절레 저었다.

"아주 한 점 남김없이 쪽쪽 빨아먹었군."

이어 단검으로 뱃가죽을 가르고 속을 살폈다.

"내단도 없고."

조완희는 고개를 돌려 무의식적으로 평체, 인간의 모습을 돌아온 박현의 엉덩이를 발로 걷어찼다.

"이 새끼야, 네가 뱀파이어냐? 뱀파이어도 이렇게 쪽쪽 빨아먹지는 않……."

속사포처럼 말을 쏟아내던 조완희는 흑기를 쏟아내던 박현의 모습이 떠오르자 잠시 사고가 멈춘 듯 눈을 껌뻑였다.

그리고는 재빨리 뒤로 몸을 굴리며 기수식을 취했다.

박현은 그런 그를 멀뚱히 쳐다보고 있었고.

마치 한 편의 몸개그처럼 보였다.

"뭐하냐?"

그런 조완희를 보며 박현이 물었다.

모두가 멀뚱멀뚱하게 자신을 쳐다보자 조완희의 얼굴은 시뻘겋게 변했다.

"풋, 괜찮아야?"

서기원은 비릿한 눈으로 조완희를 잠시 쳐다보며 조소를 삼키고는 박현에게로 다가갔다.

"괜찮……. 아, 흑기?"

그 뜻이 아니라는 걸 안 박현은 고개를 끄덕였다.

"살짝 취기가 오른 듯 붕 뜬 느낌이기는 한데 정신은 말짱해. 뭐—, 조금 흥분한 것 같기도 하고."

박현은 씨익 웃었다.

"진짜야?"

"어. 뭐라고 해야 하나. 편해. 어머니 품처럼."

기분 좋게 웃던 박현의 눈이 굳어졌다.

"오십 명이 넘는 이들이 다가오고 있어요."

이선화.

"세 팀."

비형랑이 좀 더 자세한 부연을 덧붙였다.

"기운이 심상치 않아."

"아마 저 녀석을 노리는 것이겠지."

조완희가 가죽만 남은 멧돼지를 가리켰다.

"네 울음을 저놈으로 착각하고."

"어떻게 해야?"

서기원이 물었다.

"한번 붙어보지 뭐."

박현은 입꼬리를 말아 올렸다.

그런 그의 눈동자가 붉은 기가 좀 더 많은 보라색으로 변했다.

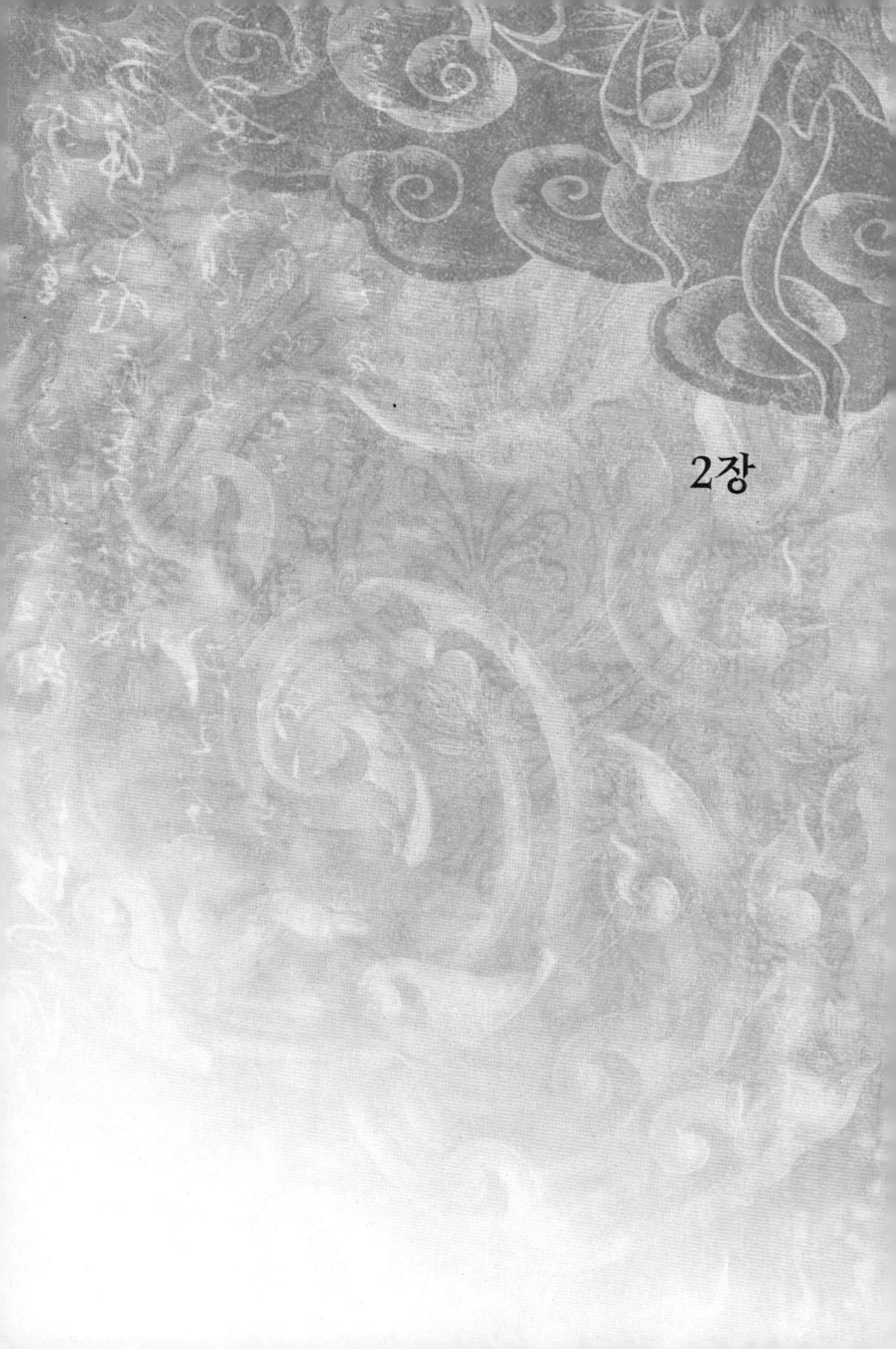

2장

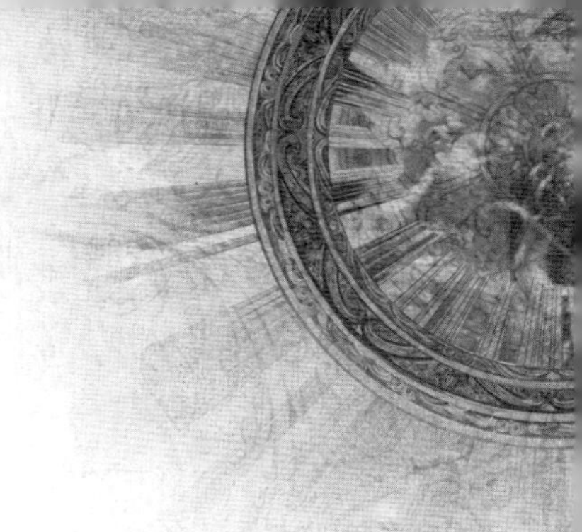

스스슥—

주변에서 에워오는 짙은 살기가 잠시 멈칫했다.

아무 각자의 팀이 다른 팀을 알아차리고 의식한 모양이었다.

“최대한 조용히 빠져나갈 수 있으면 빠져나가자.”

조완희가 박현 곁에 붙으며 조용히 의견을 건넸다.

“사내새끼가 쫄기는.”

애자가 다가와 조완희의 엉덩이를 움켜잡았다.

“으헉!”

조완희는 식겁하며 물러났다.

"흐응."

애자는 콧소리를 불며 조완희의 엉덩이를 만졌던 손을 오물오물거렸다.

"누님."

박현이 조용히 그녀를 불렀다.

"누나가 뒤를 봐줄 테니까, 한번 날뛰어봐."

그녀의 시선을 따라 주변을 쳐다보았다.

다들 몸이 근질근질한 모양이었다.

물론 서기원과 비형랑, 그리고 이선화만 빼고.

서기원은 별 생각 없어 보였고, 비형랑은 시큰둥, 이선화는 불안한 듯 박현 곁에 바싹 붙었다.

"어차피 치러야 할 싸움이라면 미룰 필요는 없지."

박현이 결정을 내렸다.

"호족은 좌, 비형랑은 우. 그리고 완희는 나와 함께 앞을 맡는다."

대답은 없다.

모두가 진득한 기세로 대답을 대신했다.

"그리고 누님과 형님은 지원 부탁드립니다."

"걱정 마. 이 애도."

애자는 이선화를 품으로 끌어당겨 어깨에 팔을 척 걸쳤다.

"그럼 한번 놀아볼까?"

박현은 목을 풀며 앞으로 걸어나갔다.

조완희가 그 뒤를 받혔고, 이어 호족과 비형랑과 그의 팀도 자리를 잡았다.

세 무리로 나뉜 팀원들은 품(品) 자를 만들며 다가오는 적을 대비했다.

잠시 주춤했던 이름 모를 적들의 걸음이 빨라지기 시작했다.

일단 먹음직스러운 먹잇감을 먼저 선점하기 위함이리라.

부스럭!

약간의 시차를 두고 세 팀이 공터로 모습을 드러냈다.

한 팀은 아무런 특징도 없는 하얀 가면을 썼고, 또 다른 팀은 개의 가면을 썼다.

개의 형상은 투견 중에서도 가장 악명이 높은 괴물 도사견(土佐犬).

그리고 한 팀은 아예 얼굴조차 가리지 않았다.

"끄응."

조완희가 순간 앓는 소리를 냈다.

"아는 팀인가?"

"가면조차 쓰지 않았다는 건 막장 중에 막장이라는 뜻이고. 도사견 가면을 쓴 놈들은 도사파라고 악질 중에 악질. 하얀 가면 놈들은 이름은 없고, 대부분 암행문이라고 불러."

"암행문이라."

"검계 소속일 확률이 높지. 신분 또한 노출되어 있는 이라는 뜻이고. 그렇기에 음흉한 놈들이지."

"결론은 모두가 위험하다는 뜻?"

박현이 피식 웃음을 섞었다.

"그래."

박현은 그런 조완희의 가슴을 손등으로 툭 쳤다.

"여기에 온다는 놈들 중에 제정신 가진 놈들이 없다며? 뭘 새삼스럽게 설명하고 그래. 통성명할 것도 아니구만."

"하긴."

조완희의 굳은 표정이 살짝 풀어졌다.

"우리도 제정신이 아니겠지?"

박현은 쓰고 있는 가면을 손가락으로 톡톡 쳤다.

"하긴 저놈들 눈에도 그리 보이겠네."

박현은 씨익 웃으며 자신 앞으로 다가오는 한 무리, 도사견 가면을 쓴 도사파를 쳐다보았다. 언뜻 같은 가면은 쓴 것처럼 보였는데, 자세히 살피니 조금씩 색이나 무늬 등의 차이가 있었다.

"벌써 해치운 건가?"

약간 붉은 기가 도는 도사견 가면을 쓴 이가 어슬렁 거리를 좁혀왔다.

박현은 거죽만 남은 멧돼지를 발로 차 그의 앞으로 던졌다.

"이것밖에 없더군."

박현은 자신도 모르겠다는 듯 어깨를 으쓱 올렸다.

"음."

붉은빛 도사견 가면은 발로 멧돼지 거죽을 비벼 밟았다.

"그나저나 못 보던 녀석들인데."

"아따, 성님. 뭘 그런 걸 물어요. 가면이야 얼마든지 바꿀 수 있는 걸."

"아—, 그런가? 키키키키."

누런 빛이 도는 도사견 가면의 말에 붉은 도사견 사내가 자신이 생각해도 어이가 없다는 낄낄거렸다.

"그런데 이상하단 말이야."

붉은 도사견이 히죽 웃음을 지었다. 가면에 가려져 아무런 표정이 보이지 않았지만 박현은 왠지 그가 비릿하게 웃고 있다는 걸 느꼈다.

"반갑지 않은 손님이 우리뿐만이 아니란 말이지."

붉은 도사견의 목소리는 어딘가 모르게 능글거리면서도 껄렁했다.

"보아하니 온 길도 다른데, 선객들은 어디로 갔을까?"

붉은 도사견은 시선을 다른 팀들에게로 옮겼다.

"안 그렇소?"

붉은 도사견이 조금 큰소리로 묻자, 조소가 섞인 웃음이 옅게 흘러나왔다.

"거, 참. 그러면 그런 줄 알지, 뭔 말이 많아."

박현.

"이 새끼, 뻔뻔한 거 좀 보소."

그 목소리에 붉은 도사견의 분위기가 바뀌었다.

"아, 진짜. 대장, 오늘따라 뭔 말이 그리 많으쇼? 시간도 없구만."

다른 이들이 몰려들기 전에 이들을 족치든, 다른 마물을 찾든 하자는 뜻.

"알아, 이 새끼야."

붉은 도사견의 목소리는 제법 날카롭게 바뀌어 있었다.

"어이, 그쪽은 어떻게 할 거야?"

"우리는 빠지지."

얼굴을 드러낸 이들.

돈이 있는 곳에 그들이 있고, 돈이 없는 곳에는 그들이 없다.

"새끼들, 참으로 일관적이야. 당신들은?"

붉은 도사견이 하얀 가면들을 향해 물었다.

"반반?"

"반반?"

"반반. 솔직히 궁금하거든. 마물이 껍데기만 남았어. 우리가 모르는 뭔가가 있을 거 같단 말이지."

"그건 돈이 되고?"

"돈은 만드는 거지."

특색 없는 하얀 가면의 사내들의 눈동자에서 탐욕이 어렸다.

"그럼 그게 뭔지 알아볼까?"

붉은 도사견을 시작으로 도사견들이 마치 피로 점철된 투견장에 들어서는 광기 가득한 투견처럼 진득한 살기를 내뿜기 시작했다.

그에 반해 하얀 가면들은 고요하지만 음산한 살기를 흩뿌렸다.

"역시 교묘하게 단전으로 내단의 기운을 감췄어."

조완희.

"어떻게 할 거야?"

"맡을 수 있겠어?"

"해 보지."

비형랑 팀은 하얀 가면으로 향했다.

"할 수 있지?"

"타고난 핏줄이 다른데 개새끼에 당하면 되겠습니까?"

호효상이 씨익 웃으며 호족 전사들, 형제들과 함께 도사견들을 향해 뚜벅뚜벅 걸어 나갔다.

"어이, 잡는 놈이 임자이니까 내가 칠(七)이야."

붉은 도사견은 마실 나온 이처럼 하얀 가면들을 향해 소리쳤다.

"그럼 우리는 열(十)이 되는 건가?"

도사파도 몰살시키겠다는 뜻.

"농담이야, 농담. 낄낄낄."

하지만 도사견들도, 하얀 가면들도 지금 오간 말이 결코 농담만은 아님을 알고 있었다.

그러거나 말거나, 일단은 눈앞에 있는 녀석들에게서 돈이 될 만한 것을 뽑아내야 한다.

생각보다 가치가 커지면 둘 중 하나가 모두를 가질 것이고, 적당하면 나눌 것이다. 그도 아니라 그저 그런 가치라면 웃으며 헤어질 것이고.

"도사견이라."

"광전사들이야. 약물에 지독하게 중독된."

조완희의 말이 끝나기가 무섭게 마치 사탕을 하나씩 깨문 듯 도사견들의 입에서 오도독 소리가 났다.

"흐흐흐흐흐."

"크흐흐흐!"

그들의 웃음에서 이지가 사라지고, 눈빛은 광기로 물들어갔다. 그리고 그들의 근육이 부풀어 오르며 우락부락하게 바뀌었다.

스릉!

도사견들은 품에서 박도처럼 생긴 칼들을 뽑아들었다.

그런데 칼날이 특이했다.

칼날은 톱처럼 생겨 마치 상어의 이빨을 보는 듯했다.

벤다기보다 살을 뜯어내는 칼이었다.

촤라라락!

박현은 양 팔찌에 신력을 담아 건틀릿을 펼쳤다.

"일단 팔 하나 뜯어내볼까?"

붉은 도사견이 크게 칼을 들어올렸다.

화르륵!

마치 칼날에 불덩이가 붙은 것처럼 붉은 기운이 일렁거렸다.

쐐애애액!

그리고 박현의 몸을 단칼에 양단이라도 할 것처럼 칼을 휘둘렀다.

박현은 신력으로 건틀릿을 더욱 단단하게 만들며 양팔을 교차시켰다.

쾅!

칼이 만들어낸 묵직한 파음.

카가가각!

그리고 칼날이 만들어낸 기분 나쁜 쇳소리.

박현의 건틀릿은 붉은 도사견이 만들어낸 일검에 흉한 상처가 만들어졌다. 특히 이음새가 뜯겨나가 만신창이까지는 아니었지만 상당한 수리를 해야 할 듯싶을 정도였다.

박현은 건틀릿을 슬쩍 바라보며 눈살을 찌푸렸다.

“어차피 앞으로 쓰지도 못할 건데 뭘 그렇게 아까워해? 응?”

붉은 도사견이 건들거리며 다시 검을 들어올렸다.

쑤아아악!

그는 다시 검을 휘둘렀다.

콰광— 콰과과과곽!

그의 검은 한 치의 틈도 없이 마치 소나기처럼 박현의 몸을 노리고 날아왔다.

마치 그는 철천지원수를 대하는 듯 방어 따위는 없었다.

약에 취한 것인지, 아니면 약이 이성을 빼앗아간 것인지 오로지 공격, 또 공격, 공격뿐이었다.

쾅— 서걱!

주먹이 옆구리에 박혀도, 건틀릿의 칼날이 가슴을 베어도 붉은 도사견은 고통조차 내비치지 않았다.

후유증이 대단할 것 같았다.

하지만 그들은 아랑곳하지 않았다.

괜히 광전사, 버서커가 아닌 모양이었다.

붉은 도사견의 공격에 박현의 건틀릿은 조금씩 뜯겨나갔다.

"팔 하나보다는 두 개가 낫겠네. 낄낄낄."

붉은 도사견은 건틀릿을 완전히 뜯어내며 박현의 양팔을 향해 다시 칼을 휘둘렀다.

"이제 다 놀았어?"

박현은 부서진 건틀릿을 손과 팔에서 털어버리고는 붉은 도사견을 향해 히죽 웃으며 물었다.

"뭐?"

"크크크."

박현은 성큼 붉은 도사견의 간격 안으로 걸어들어 갔다.

"미친 새끼."

붉은 도사견은 눈을 게슴츠레하게 뜨며 박현의 몸을 향해 검을 휘둘렀다.

"크르르르르!"

『미친 건 너고. 나는 아니야.』

박현의 몸이 거대하게 변하며 검은 털이 온몸을 뒤덮었다.

박현은 흑기를 내뿜으며 붉은 도사견의 칼날을 팔뚝으로 막았다.

그그극!

털이 뜯기며 살갗에 상처가 났다.

하지만 상처는 그다지 깊지 않았다.

"크하아앙!"

박현은 울음을 터트리며 붉은 도사견의 얼굴을 향해 발톱을 휘둘렀다.

흑호.

박현이 기맥 전쟁의 한가운데서 활동할 또 다른 얼굴이었다.

*　*　*

네놈에게 버서커 약이 있다면…….

'본인에게는 흑기라는 것이 있지.'

박현은 왼쪽 팔뚝으로 붉은 도사견의 칼을 흘렸다.

그그그— 서걱!

왼팔의 검은 털이 뜯겨나가며 피가 듬성듬성 맺혔지만 박현은 오른손으로 붉은 도사견의 얼굴을 움켜잡았다.

흑호로 변한 자신을 보자 화등잔만 하게 떠진 붉은 도사견의 눈동자가 가면의 눈구멍 사이로 보였다.

"크르!"

박현은 그런 그의 눈을 마주하고는 하얀 이빨을 드러내며 히죽 웃음을 지어 보였다.

콰아앙—

그리고는 붉은 도사견의 머리를 번쩍 들어 바닥으로 내려찍었다.

푸욱—

머리가 울리고 뇌가 흔들려 정신이 없을 텐데도 붉은 도사견은 어느새 짧은 중검을 꺼내 박현의 복부에 쑤셔 넣었다.

코와 귀에서 피가 주르르 흐르는 와중에도 붉은 도사견은 피 맺힌 붉은 이빨을 드러내며 웃었다.

『이 새끼.』

박현은 또한 그를 내려다보며 히죽 웃음기를 드러냈다.

그리고 몸을 살짝 일으켜 세우는 순간 붉은 도사견이 칼을 움켜잡았다. 박현이 배에 꽂힌 중검을 뽑는 순간 심장이나 목을 노릴 생각이었다.

우득!

하지만 박현은 칼을 뽑지 않았다.

숨을 들이마셔 가슴을 더욱 부풀리고는 양손을 활짝 펴 발톱을 드러냈다.

쐐애애액!

붉은 도사견은 있는 힘껏 박현의 목을 노리고 검을 휘둘렀다.

콱!

하지만 박현은 그 칼을 피하지 않았다.

목에서 핏방울이 주르르 흘러내렸다.

『그거 아나?』

박현이 붉은 도사견에게 물었다.

『이 바닥 미친개는 나야.』

"크하아아앙!"

박현은 울음을 토해내며 발톱을 세운 양손을 붉은 도사견을 향해 마구 휘둘렀다.

가슴팍 살이 터지고 찢어지며 핏방울이 튀었지만 붉은 도사견은 고통을 못 느끼는지 다시 칼을 들어 박현의 머리를 찍었다.

콱!

박현의 정수리에서 다시금 피가 주르르 흘러내렸다.

"크르르."

오히려 박현은 더욱 진한 웃음을 그리며 다시 양팔을 들어올렸다.

"……!"

그 모습에 붉은 도사견의 눈동자가 파르르 떨렸다.

몸에서 느껴지는 고통이 주는 공포가 아니었다.

정신적으로 억눌려 만들어지는 공포, 그 공포가 붉은 도사견을 덮쳤다.

"크하아아아앙!"

박현은 붉은 도사견의 머리를 갈기갈기 찢어버릴 듯 할퀴고 또 할퀴었다.

가면은 얼굴 살점과 함께 떨어져 나가고, 두개골은 부서지고 함몰되어 갔다. 간헐적으로 붉은 도사견이 반항했지만 미미할 따름이었다.

퍼석!

박현의 주먹이 반쯤 부서진 붉은 도사견의 머리를 완전히 으깨버렸다.

"크르르르르."

박현은 몸을 일으켜 세웠다.

주변에서 미친 듯 싸우는 도사견들이 그제야 박현과 죽은 붉은 도사견을 향해 시선을 던졌다.

박현은 무심하게 복부에 박힌 중검을 뽑아 바닥에 던졌다.

땡그랑—

중검이 떨어지는 것과 동시에 음기의 보랏빛 검은 알갱이들이 반딧불처럼 날아들어 박현의 상처로 스며들었다.

그러자 놀랍게도 박현의 상처는 서서히 아물어 갔다.

남들은 음침하다 하지만 박현에게는 따뜻하고 포근하기 그지없었다.

어머니의 약손처럼.

'아니 어머니보다는 좀 투박한가?'

따뜻하게 상처가 치료는 되었지만 뭔가 부드럽지는 않았다.

어머니가 아닌 아버지의 품이 이럴까 하는 생각이 얼핏 들었다.

어머니의 품도, 아버지의 품도 모르는 자신이거늘.

피식 자조 어린 미소가 언뜻 만들어졌다가 사라졌다.

《막내야.》

애자의 전음.

박현의 귀가 팔랑였다.

《아버지가 태어난 고향에 온 걸 축하한다.》

"……!"

박현의 눈이 부릅떠졌다.

파르르 떨리는 눈으로 애자를 쳐다보았다.

《막내야, 칼 온다.》

세 개의 칼날이 박현의 허벅지와 옆구리, 등을 베어 갔다.

시큰한 고통이 느껴졌지만 박현은 여전히 애자를 쳐다보고 있었다.

《느꼈지?》

박현은 고개를 끄덕였다.

《아버지의 고향은 곧 너의 고향이다.》

서걱— 서거거걱!

칼날이 다시 박현의 몸을 난도질하듯 베어갔다.

《이곳은 네가 다시 태어날 아버지의 품이다.》

'아버지의 품.'

박현의 눈동자가 다시금 요동쳤다.

양기의 기맥, 음기의 기맥.

백기, 흑기.

백룡, 흑룡.

'아—.'

박현은 입을 슬쩍 벌리며 미약한 울음을 삼켰다.

《포효해라. 세상을 향해서. 적어도 이곳에서 너는 왕이다.》

애자가 환하게 웃었다.

"크하아아아아앙!"

박현은 흑기를 마음껏 발산하며 울음을 터트렸다.

*　　*　　*

세 명이 도사견들은 번들거리는 눈으로 검게 물든 호랑이 박현의 몸을 십여 회 베었다.

피가 튀고 살점이 뜯겨나갔다.

“아이, 썅!”

주변으로 모여드는 보랏빛 반딧불에 검은 점박이가 있는 누런 도사견이 짜증 난 목소리로 손을 휘휘 저었다.

“뭐, 뭐야!”

반딧불이 아니었다.

그것들은 마치 신기루처럼 손에 걸리지 않았다.

문제는 그 반딧불이 박현의 몸으로 스며들고 있다는 것이었다.

마치 시간을 역행하듯 박현의 몸에 난 상처들은 아물어 가고 있었다.

“이 썅!”

황색 도사견이 그 모습에 눈살을 찌푸리며 박현의 목을 향해 힘차게 칼을 휘둘렀다.

퍽—

그의 칼날은 박현의 손에 잡혔다.

“죽어, 이 새끼야!”

황색 도사견은 칼날을 비틀어 박현의 손바닥을 엉망으로 만들었다. 피가 칼날을 타고 주르르 흘러내려 바닥을 적혔다.

"뭐, 뭐야, 이거."

황색 도사견은 박현의 손에 잡힌 칼을 뽑으려 용을 썼지만 칼날은 마치 쇠사슬에라도 얽힌 양 뽑히지 않았다.

"크르르."

박현과 눈이 마주쳤다.

"……씨발!"

이내 자신의 얼굴보다 큰 박현의 앞발이 눈에 들어왔다. 그리고 빛에 반짝이는 발톱이 눈을 파고들었다.

빠각!

단 일 수에 황색 도사견의 머리가 꺾이며 풍차처럼 그 자리에서 두어 바퀴 돌다가 바닥에 쓰러졌다.

퍼석!

박현은 충격에 파르르 떠는 황색 도사견의 머리를 발로 밟아 부수며 울음을 터트렸다.

"크하아아아앙!"

그리고는 옆에서 목숨을 도외시하고 다시 달려드는 두 마리의 도사견들을 향해 다시 몸을 날렸다.

*　　*　　*

"허, 허니."

데니안은 버서커보다 더 버서커답게, 광전사처럼 제 한 몸 돌보지 않고 전장을 피의 아수라장으로 만들어가는 박현을 보고 처음에는 눈살을 슬쩍 찌푸렸다.

혹시 이 음기에 취해 이성이 마비가 된 게 아닌가 싶었다.

그래서 그를 말리려 했다.

허나 애자가 그를 말렸다.

그녀는 발발 동동거리는 이선화도 다독이고, 금세라도 튀어나갈 듯 쇠도리깨를 꺼내는 서기원도 말렸다.

그리고 잠시 후.

땅과 하늘에, 자연에 스며든 음기가 스물스물 몸을 내빼더니 박현에게로 스며들기 시작하지 않는가.

그 음기는 박현의 몸을 어루만졌고, 상처를 보듬어 주었다.

"호호호."

그 모습에 애자는 목소리를 높여 웃음을 터트렸다.

하지만 기뻐하는 그녀의 눈동자에 어느새 아련한 슬픔이 담겼다. 애자는 고개를 돌려 보랏빛이 은은하게 도는 푸른 하늘을 올려다보았다.

'아빠, 보고 있어?'

그는 아버지를 떠올렸다.

'보고 싶다, 아빠.'

애자는 '킁' 하며 애써 눈에서 습기를 말렸다.

'막내 잘 키울게. 그리고 복수할 거야. 조금만 더 참아 줘.'

애자는 다시 박현을 쳐다보았다.

박현은 말할 것도 없고, 전투 종족이라 일컬어지는 호족들 역시 제몫을 톡톡히 하고 있었다. 그리고 그 빈틈을 조완희가 잘 메우고 있었다.

"흠."

문제는 비형랑 팀이었다.

"달링."

"으, 응?"

"놀라지 마."

"뭘?"

"내 본 모습을 보고."

애자의 슬픔과 기쁨을 본 데니안은 진중한 얼굴로 고개를 끄덕였다.

"우리 막내, 무사히 다 크려면 눈들을 다 지워야겠지."

애자는 슬쩍 물러나려는 하얀 가면들을 쳐다보았다.

비형랑 팀이 힘껏 그들과 상대해 나가고 있지만, 그들을 완벽하게 압도하지는 못했다. 비형랑이 귀신들을 부려 대적했지만 수적인 열세를 이겨내지 못하고 있었던 것이다.

박현의 모습에 슬슬 뭔가 잘못되어 간다는 것을 느낀 하얀 가면 몇이 슬그머니 꽁지를 말기 시작했다.

그걸 애자가 본 것이었다.

"쿠르르르르."

애자는 몸을 웅크리며 앞으로 튀어나갔다.

그녀의 몸은 한순간 거대한 늑대로 바뀌었다.

"아우우!"

데니안이 익히 보아온 그녀의 모습이었다.

'애자…….'

그는 눈매를 가라앉히며 그녀의 뒷모습을 쳐다보았다.

"아우우우우우우!"

그녀의 몸에서 지독한 살기가 뿜어져 나오더니 검은 기운이 몸을 휘감았다. 그리고 그녀의 입에서 하늘을 뒤흔드는 울음이 터져나왔다.

자욱한 흑무 위로 거대한 늑대가 모습을 드러냈다.

늑대는 용의 몸으로 허공으로 날아올라 아래를 내려다보았다.

늑대의 상반신에 용의 하반신.

용에 필적할 또 하나의 천외천, 애자의 진정한 진체가 그렇게 모습을 드러냈다.

*　　　*　　　*

"애, 애자?"

"……!"

"애자라니! 사라진 신이 아니었던가!"

하얀 가면들의 입에서 경악성이 터져 나왔다.

애자.

무구에, 특히 칼에 주로 새겨지는 신성한 신이자 전장의 신.

하얀 가면들은 자신의 검과 칼 고리에 새겨진 문양을 쳐다보았다.

그곳에 늑대의 형상을 가진 용이 새겨져 있었다.

자신들을 지켜 달라 새긴 용의 자식이자 전장의 신.

애자.

그 애자가 지금 하늘에 떠 자신들을 내려다보고 있었다.

짙은 살기를 쏘아 보내며.

『호호호호호호!』

애자는 웃음을 터트렸다.

『나를 알아본 모양이로구나.』

"……어, 어떻게."

하얀 가면들은 믿을 수 없는 현실에 혼이 나간 모습들이었다.

"신화 속에 잠든 것이 아니었던……가?"

『그래, 잠들었었지. 그 잠을 그대들이 깨운 것이고.』

애자는 온몸에 칼날처럼 날카로운 털을 곤두세우며 하얀 가면들을 향해 벼락처럼 날아갔다.

『보지 말아야 할 것을 본 죄, 죽음으로 죄를 청해라!』

"아우우우우우!"

애자는 칼날처럼 예리한 비늘을 곤두세우며 하얀 가면들을 덮쳤다.

"흠."

데니안은 애자의 무위를 보며 낮은 신음을 삼켰다.

애자의 용언.

그 용언을 듣는 순간 데니안은 죽음을 떠올렸다. 단순한 죽음이 아닌 자살을 말이다.

어릴 때 한 번 겪었던 드래곤의 용언이 떠올랐다.

절대 언령.

그 드래곤의 용언과 비교해도 뒤지지 않는 절대적인 말

의 기운이 담겨 있었다.

애자가 하얀 가면을 스쳐 지나가자 그들의 몸은 수십 수백 조각이 되어 바닥으로 떨어졌다.

"아따—, 우리 누님 대단해야."

서기원이 옆으로 다가와 데니안의 어깨를 어깨로 툭 쳤다.

"잘해야 되겠어야."

"응?"

"앞으로 생활이 훤해야. 히히히."

"……?"

"그래도 뭐~ 매 맞는 남편은 아니겠지야?"

"흡!"

왠지 그럴 것 같다는 생각에 식은땀 한 방울이 데니안의 등줄기를 따라 또르르 흘러내렸다.

"음트트트트트."

서기원은 순간 헛바람을 들이마시는 데니안의 어깨를 토닥이며 박현을 쳐다보았다.

장난기 어린 표정을 지우고, 진중한 눈으로.

애자의 등장과 그의 울음에 도사파 도사견들은 나무토막처럼 움직임이 뻣뻣해졌다.

심령이 흔들린 탓이리라.

비단 그들만이 아니었다.

이미 난도질당한 하얀 가면들이나, 비형랑 팀이나, 박현 곁에 있는 호족 전사들도, 매한가지였다.

오로지 박현만 유일하게 전보다 더 사납게 날뛰고 있었다.

용언이 그에게는 통하지 않는다.

같은 핏줄이라서 그런가.

아니면 그 안에 용의 피가 흐르고 있어서 그럴까.

'하하.'

아무렴 어떤가, 자신의 친구인 것을…….

빠직—

흐뭇하게 웃던 서기원의 이마에 핏줄이 돋아났다.

조완희, 그 역시도 용언에 움츠러들지 않고 박현을 보조하고 있었다.

'기분 나빠야.'

서기원은 킁하고 콧바람을 내뱉다가 잠시 눈을 껌뻑였다.

생각해 보니 그 용언에 자신의 신력도 흔들리지 않았다.

"어랄려야?"

낯선 향기가 제 몸에서 느껴진다.

그 향기는.

"아!"

서기원의 눈에 눈물이 맺혔다.

대별왕의 기운이었다.

"메밀묵에 동동주 한 잔 해야!"

서기원은 손뼉을 마구 치며 '야호' 를 외치듯 소리쳤다.

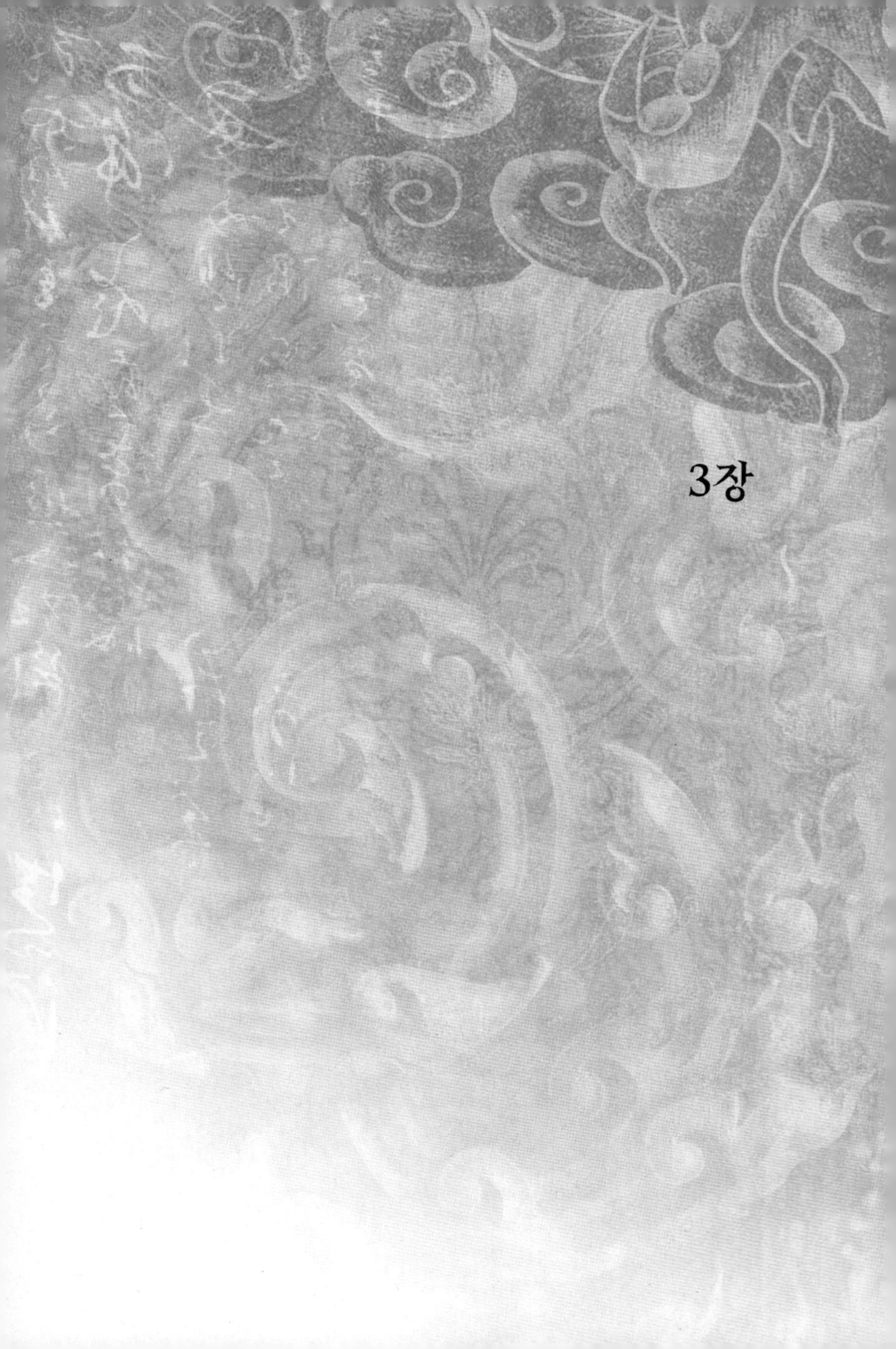

3장

애자가 한 번 나서자 거짓말처럼 전장의 모든 싸움이 끝났다.

그리고 또 다른 거짓말처럼 신비한 현상이 일어났다.

보랏빛 검은 알갱이, 암기가 죽은 이들의 몸에 달라붙더니 그들의 내력을 쪽쪽 뽑아 집어삼키며 그 크기를 키웠다.

몸집을 키운 암기들은 상처 입은 박현에게로 향했고, 그의 몸으로 스며들어 그의 상처를 보듬어 주었다.

한순간 상처는 아물어 갔다.

그렇게 상처를 치유하고 남은 암기들은 잠시 갈 길을 찾지 못하고 갈팡질팡 방황하는가 싶더니.

"오라."

인간체로 돌아온 박현이 나직하게 명령했다.

명령이되 명령은 아니었다.

그저 목소리에 의지를 담은 것일 뿐.

스스스슷—

그 의지가 통한 것인지 보랏빛 검은 알갱이들은 박현 주위를 맴돌다가 박현의 코를 통해 스며들기 시작했다. 그리고 입으로, 피부로 스며들었다.

쇄아아아—

대나무 숲에 불어드는 잔잔한 바람처럼 암기는 박현의 몸으로 모여들었다.

물줄기가 그렇다고 한다.

졸졸 시냇물이 도도한 강이 되고, 도도한 강은 끝을 알 수 없는 바다가 되어 해일이 되고 태풍이 된다.

산들바람 같던 암기는 거대한 노도가 되어 박현을 덮쳤다.

"흡!"

처음에는 기분 좋은 어루만짐이었다.

상쾌함은 어느 순간 진득함으로 바뀌었고, 정신을 차린 순간 심해에 빠진 것처럼 숨을 쉴 수 없을 정도로 지독한 고통이 되었다.

《참아라! 참아야 네 껍질이 깨진다!》

애자의 다급한 전음.

박현의 부릅뜬 눈 안에서 흔들리던 눈동자가 어느새 단단해졌다. 여전히 고통스러운 듯 핏발이 섰지만 흔들리지 않았다.

고통 후에 오는 달콤함이 무엇인지 애자의 전음에 알아 버렸다.

모르면 참기 힘드나 알면 참을 수 있다.

더욱이 달콤한 과실마저 있지 않은가.

"까득."

박현은 턱에 힘을 주고 고통에 대항했다.

그리고 몸속에서 날뛰는 음기를 받아들였다.

"끄으으."

그 고통이 점점 심해졌는지 얼굴에 핏줄이 서며 벌겋게 달아오르다 결국 박현의 입에서 신음이 흘러나왔다. 몸은 부들부들 떨릴지언정 자세는 흐트러지지 않았다.

화르륵!

조완희가 부적 몇 장을 날려 그의 주변에 결계를 쳤다.

"제법이네, 동생."

"누님이 계시지만 만사 불여튼튼 아니겠습니까?"

"자식."

애자는 귀엽다는 듯 조완희의 뺨에 손을 가져갔지만, 조완희는 부드럽게 그녀의 손을 피해 자리를 옮겼다.

"칫!"

애자는 그런 조완희를 보며 혀를 찬 뒤 손을 뻗었다.

주물럭주물럭.

"왜 또 저여야."

서기원은 울상을 지었다.

"시끄럽다."

무심한 듯한 애자의 목소리에.

"예압."

서기원은 입을 꾹 닫았다.

누가 시키지도 않았는데 호족 전사들은 다섯 방위를 점하며 박현을 보호했다.

"착하네."

그런 호족 전사들을 보며 애자는 빙그레 미소를 지었다.

이어 다른 이들도 겹겹이 박현을 보호했다.

쏴아아아아아—

바람이 시원하다.

하지만 그건 박현의 주위를 둘러싼 이들이 느끼는 감정일 뿐, 바람이 부는 그 중심에 있는 박현은 아니었다. 채 몇 걸음 떨어지지 않았음에도 박현의 옷가지는 찢어질 듯 바람에 요동치고 있었다.

'참아라. 이겨내라.'

애자는 착 가라앉은 눈으로 위태위태한 박현을 쳐다봤다. 걱정된 마음에 몸에 힘이 들어갔는지 애자는 저도 모르게 손을 꽉 틀어쥐었다.

"아얏! 아, 아파야!"

서기원의 비명과 함께 뺨을 붙잡고 제자리를 통통 튀었다. 애자의 손아귀 힘에 서기원의 뺨이 벌겋게 달아올랐다.

"아—, 쏴리!"

애자는 인중을 슬쩍 늘리며 사과했다.

*　　*　　*

고통은 괴롭지만, 그 안에서 느껴지는 것은 가슴을 뛰게 했다.

흑기.

순수하다 했다.

그런데 그 순수함은 마치 칼자루 없는 칼처럼 위험했다.

다룰 수 없기에.

내 의지를 벗어나기에.

그런데 그 이유를 알았다.

왜 흑기가 미쳐 날뛰는지.

또한 왜 백기가 먼저 자신에게서 깨어났는지.

음기 속에 파묻혀 보니 알게 되었다.

고통 속에 찌푸려진 박현의 입가에 미소가 피어졌다.

눈을 감은 어둠 속에 더욱 어두운 흑기가 보였다.

아니 검은 그릇이 보였다.

그 그릇은 얼기설기 겨우 제 모습을 유지하고 있을 뿐, 깨진 독처럼 구멍이 숭숭 나 있었다.

그 구멍 사이로 살기도, 지독한 음산함도, 모든 근원의 악이 풀풀 흘러나오고 있었다. 흑기가 아무리 순수한 음이라고 해도, 이러니 그러한 것들을 담지 못하는 것이었다. 결국 깨진 그릇으로 인해 흑기가 자신의 통제를 벗어나고 있었던 것이었다.

밝음이 있으면 어둠도 있는 법.

깨진 그릇이 워낙 엉성한 것이 문제였다.

엄청난 음기들이 모여 다시 흑기를 채우며 살을 붙여나갔지만, 언제 저 그릇을 오롯이 제 그릇으로 만들 수 있을까 한숨이 나올 정도였다.

그러나 암울하지는 않다.

길이 보였고, 그 길 끝에는 희망이 있으니.

그렇게 박현은 고통 속에서도 웃을 수 있었다.

쏴아아아아아아—

막바지에 이르렀는지, 아니면 음기가 탐욕을 드러냈는지 박현의 몸을 더욱 거칠게 헤집으며 그릇을 채워나갔다.

"끄으."

신음이 꽉 다물어졌던 박현의 입술을 비집고 흘러나왔다.

고통에 정신이 혼미해지려는 순간.

쩌엉!

그릇이 채워지고 그 충격에 흔들렸다.

그리고 깨진 그릇 사이로 또 다른 나, 분신이 튀어나왔다.

'……!'

그 분신은 하늘로 치솟아 올랐다가 박현에게로 떨어져 내렸다.

"꺄아아악!"

검은 분신은 울음을 토해내며 박현의 가슴으로 파고들어 하나가 되었다. 그리고 박현은 검은 분신을 받아들이며 뒤로 튕겨졌다.

* * *

구오오오오오—

사방에서 몰려드는 음기가 심상치 않았다.

시원하던 바람이 애자의 얼굴을 할퀼 거센 바람으로 바뀌었다.

자신이 느끼는 바람이 이럴진대 박현은 어떻겠는가.

거센 음기의 바람에 휘청휘청이는 박현을 보는 애자의 눈매가 굳어졌다.

"허, 허니."

데니안이 불안한 듯 애자를 불렀다.

"괜찮아. 괜찮을 거야."

애자도 불안한지 그의 손을 꾹 잡았다.

쿠웅!

폭탄이 터진 듯 박현이 앉아 있는 곳에서 거대한 폭음이 일었다.

푸학—

박현은 화살이라도 맞은 듯 뒤로 튕겨져 나갔다.

"막내야!"

애자는 화들짝 놀라며 몸을 날려 박현을 감싸 안았다.

"끄으."

박현은 눈살을 찌푸리며 신음을 흘렸다.

"괜찮습니다."

박현은 뻐근한 가슴을 매만지며 자리를 털고 일어났다.

"괜찮아?"

애자는 따라 일어나 박현의 어깨를 잡은 후 몸 곳곳을 꼼꼼히 살폈다.

그런 그녀의 눈이 부릅떠지더니 박현을 쳐다보았다.

"너?"

"네."

박현은 애자를 보며 부드러운 미소를 지었다.

"아버지에게 한 걸음 다가간 듯합니다."

"너!"

애자가 눈물을 슬쩍 글썽였다.

"아직 갈 길이 멀더군요."

"그래도 그게 어디냐. 그렇게 걷다 보면 아버지의 뒤를 보게 될 거다."

"누님."

"그래."

"이런 말이 있습니다."

"뭔데?"

"아버지에게 아들이 가장 자랑스러운 순간은 어느새 자신의 앞에 선 아들을 봤을 때라고."

애자는 한참을 박현을 바라보았다.

그녀의 눈에 물기가 차올랐다.

"이 쌍! 누나를 울리고 그래!"

애자는 주먹을 말아 쥐고는 박현의 배를 후려쳤다.

결코 약하지 않게.

"큭!"

박현의 허리가 살짝 꺾였다.

"여기가 중지(重地)는 중지인 모양이다."

어느새 다시 몰려드는 부나방들.

애자는 고개를 돌리며 차가운 웃음을 지었다.

"한번 보시겠습니까?"

박현도 씨익 웃음을 지었다.

"뭘?"

"또 다른 제 분신이자 아버지의 모습을요."

애자의 눈이 박현에게로 향했다.

"자신 있어?"

"그럼요."

"새끼. 그렇게 얼른얼른 커라."

애자가 박현의 엉덩이를 툭 치려 했다.

박현은 뒤로 한 걸음 물러나며 그녀의 손길을 피했다.

"어쭈."

박현은 어깨를 슬쩍 들어 보이며 허공으로 몸을 날렸다.

"꺄아아아아악!"

박현의 입에서 창공의 울음이 터져 나오며 거대한 검은 날개가 활짝 펼쳐졌다.

*　　*　　*

음기가 만들어낸 결계.

그 안에서 마물들이 날뛰고 있었고, 피의 전주곡 또한 흐르고 있었다.

그런 결계가 내려다보이는 하늘에 비희가 하늘에 떠 있었다.

그는 팔짱을 낀 채 아래, 지상을 내려다보고 있었다.

“양지에서는 백호로, 음지에서는 흑호로. 제법이지 않소?”

이문이 옆으로 날아들며 말했다.

“음지가 무엇인지 깨달은 것이지. 그리고 주위의 말을 새겨들을 줄도 알고. 왜, 흐뭇한가?”

“사실 못 미더운 것도 있었고, 걱정이 되었던 것도 있었고. 그랬죠.”

“그래서 애자를 딸려 보낸 거 아니었나?”

“아셨소?”

“네 마음이 곧 내 마음이니. 어차피 네가 안 보내려고 해도 내가 보내려 했다.”

"크크크, 역시 형님답소."

비희의 말에 이문이 낮게 웃었다.

"그나저나 봉황 쪽은 어떠냐?"

"여전히 조용하다 하오."

"조용하다?"

"제아무리 강철이와 구미호라고 해도 제 둘이 뭘 할 수 있겠소. 조금씩 다른 이들과 접촉하고 있는 듯하오."

"막내를 앞세워서?"

비희의 미간에 주름이 패였다.

"막내를 앞세우기는 했는데, 막내를 드러내지는 않소."

"흠. 하긴, 새로운 하늘을 열 보물을 쉽게 드러내지는 못하겠지."

"헛물 들이켜는 모습이 제법 재밌다 하오."

"어리다 싶으니 제 손에 쥐고 흔들 수 있다 여긴 게지."

"우리가 아니더라도 어디 그리 흔들릴 아이요?"

"크크크."

비희는 고개를 끄덕였다.

"분위기를 보니 조만간 강철이나 구미호가 막내를 보러 올 듯하다 하오."

"……."

"뛰어봐야 부처님 손바닥 안이지. 크흐흐흐."

이문은 입으로는 웃지만 눈은 결코 웃지 않고 있었다.

"형제들은?"

"내가 아오? 다들 엉덩이가 굼떠 가지고는."

이문은 얼굴을 슬쩍 찌푸렸다.

하지만 그 표정은 오래가지 못했다.

"……막내."

"녀석."

음기의 기운은 바람을 넘어 태풍처럼 변해 한 곳으로 모이기 시작했다.

당연히 그 중심은 박현이었다.

"적자라서 그런가? 알려주지 않아도 알아서 제 길을 찾아가오. 안 그렇소?"

"아버지의 피가 어디 가나?"

"아버지가 막내의 모습을 보았으면 얼마나 기뻐하셨을까요, 형님."

그 말에 비희는 고개를 들어 하늘을 올려다보았다.

깊은 눈가 주름 사이로 눈물 한 방울이 맺혔다.

아버지의 고향.

그리고 자신들이 태어난 곳.

그곳에서 막내가 진정한 모습으로 다시 태어나고 있었다.

시간이 흘러.

"꺄아아아악!"

거대한 검은 독수리 한 마리가 하늘로 비상했다.

"……!"

"아!"

검은 독수리는 음기 결계를 뚫고 저 하늘 높이 날아올랐다. 그리고 눈이 마주친 검은 독수리는 비희와 이문 앞으로 날아왔다.

『지켜보고 계셨습니까?』

"아직은 못 미더워서 왔다."

『그러셨습니까?』

"그러니 늙은 형들 그만 발품 팔게 얼른얼른 커라. 이 녀석아."

이문이 씨익 웃음을 지어 보였다.

"좀 더 놀고 오너라."

비희는 그 자리에서 사라졌다.

"저녁에 술 한 잔 하자."

이문도 그를 따라 모습을 감췄다.

박현은 둘이 사라진 허공을 잠시 바라보다 다시 결계 안으로 내려갔다.

새로운 먹잇감을 향해.

*　　*　　*

김이 모락모락 나는 녹차 세 잔을 두고 세 명의 인물이 자리하고 있었다.

강철이, 구미호, 그리고 삼두일족응.

이 셋이었다.

"생각을 잡으셨소?"

강철이가 녹차를 삼두일족응 앞으로 내밀며 물었다.

"그대들이 좋아서 참여하는 건 아니오."

그럴 것이다.

그는 왜 봉황회에 몸을 담고 있나 싶을 정도로 봉황을 싫어하는 위인이니.

아무리 하늘에 닿아있는 신이라고 해도, 피조물인 것을.

그의 머리에 색 바랜 희끗한 머리카락이 내려앉아 있었다.

삼두일족응은 무심한 표정으로 차를 들어 한 모금 마셨다. 녹차를 한 모금 마실 때 기분 좋은 듯 입술에 미소가 살짝 지어졌지만 그 웃음마저 곧 사라졌다.

"아오. 그래서 이 강철이가 응 형을 좋아하는 거 아니겠소."

마음이야 무슨 대수랴.

뜻만 같으면 되는 것을.

강철이는 희미한 미소를 지었고, 삼두일족응은 별다른 말을 하지 않았다.

"조만간 시간을 내어주셔야겠소."

"……?"

"어찌되었든 새로운……. 한번 만나 봐야 하지 않겠소?"

강철이는 중요한 단어를 슬쩍 흘리며 싱긋 웃었다.

"그럽시다. 이 몸의 목을 걸 수 있는지 봐야 하니."

'더는 기다릴 시간이 없으니 말이오.' 라는 속말은 숨겼다.

"이 강철이도 보지 못했지만 대망을 걸어볼 만할 거요."

'아니어도 상관없지만.' 라는 속말을 그 역시 숨겼다.

"그러면 다행이고."

삼두일족응은 조용히 눈을 감고 녹차 향에 집중했다.

서로가 서로의 속마음을 숨겼고.

"소녀가 시간을 잡지요."

구미호가 싱긋 웃음을 지었다.

* * *

박현은 어두운 밤, 달빛에 의지해 술잔을 들었다.

짙은 갈색의 위스키가 달빛에 부서지고 있었다.

“무슨 생각을 그리해?”

조완희가 마당을 가로질러 테라스로 올라왔다.

“그냥.”

박현은 빈잔 하나를 들어 잔을 채워 건넸다.

“뭔데?”

“고민 중.”

“무슨 고민?”

조완희는 고개를 갸웃거렸다.

좋은 날이다.

박현은 벽을 깨고, 다른 이들은 많은 경험을 했다.

그리고 든든한 후원자의 힘도 보았다.

그런데 무슨 고민을 한다는 것인지.

“그냥.”

“아, 진짜.”

조완희가 답답한지 박현이 앉아 있는 의자를 발로 툭 쳤다.

“뭔데 그래?”

“비형랑 팀.”

“비형랑?”

“어.”

“그들이 왜?”

“어떻게 하면 온전히 내 사람으로 만들 수 있을까 고민 중이야.”

“너를 따르는 거 아니었어?”

조완희는 고개를 갸웃거렸다.

“나를 따르기는 하지.”

“……?”

“타의에 의해서.”

“타의?”

“고독.”

“…….”

조완희의 눈매가 가늘어졌다.

“어쩌다가?”

“어쩔 수 없었어. 나의 진체를 숨기려면.”

“이거 참.”

조완희는 탄식하더니 술잔을 쭉 비웠다. 그리고는 잠시 생각에 잠기고 나서 입을 열었다.

“일단 저질러 봐.”

“뭘?”

“고독을 풀어줘 봐.”

조완희의 말에 박현은 잠시 낯을 찡그렸다.

“생각이 없지 않다면 떠나지 않을 거야. 만약 떠나더라도 좋은 관계를 유지할 수도 있고."

"흠."

"어차피 너의 진면목을 봤어. 애자 누님의 진체도 보았고. 네 걱정대로 흐르지는 않을 거야."

"모험이군."

"모험이기는 하지. 그래도 오는 과실은 작지 않을 거다."

"참, 이럴 때는 내 덕이 조금만이라도 컸으면 좋겠다 싶어."

박현은 고개를 끄덕이면서 조금은 씁쓸한 미소를 지었다.

그만큼 고민이 많으리라.

"……."

조완희는 아무 말 없이 박현을 쳐다보았다.

"오늘 일만 해도 그래. 내 것을 취했어도 그들에게도 무언가 쥐여 줬어야 했는데."

자신의 그릇, 즉 포용에 대한 고민을 시작한 것이다.

이러한 고민이 거듭될수록 박현의 품은 더욱 커질 것이다.

"많이 컸네."

"음?"

"많이 컸다고."

뜬금없는 조완희의 말에 박현의 미간이 좁아졌다.

"그렇게 가면 되는 거야. 독불장군에서 '독' 자 하나 떼어냈잖아. 원래 다 그렇게 성장하는 거야."

조완희는 마치 어른처럼 박현의 어깨를 토닥였다.

퍽!

"잘났다."

와당탕탕탕—

박현은 조완희가 앉아 있는 의자를 발로 걷어찼다.

"야!"

조완희는 바닥을 뒹굴었다가 자리에서 벌떡 일어나 소리쳤다.

"손님 왔다. 조용히 하자."

"이게 어디서 구라를!"

"크흠."

그런 조완희의 등 뒤에서 낯선 기침이 들려왔다.

"뭐야? 너냐?"

조완희는 뒤에 서 있는 팔미호를 바라보며 콧등을 찡그렸다. 결코 반갑지 않다는 뜻.

"너랑 나랑은 궁합이 정말 안 맞는 모양이다. 꼭 거시기할 때만 나타나는 것을 보면."

조완희는 퉁명스럽게 말을 툭 던지며 자리에 앉았다.

"무슨 일이지?"

“주군께서 뵙고자 합니다.”

“주군이면 구미……, 아니 고 장로?”

“예. 주군 외에 두 분이 더 참석하실 것입니다.”

호되게 당했던지 팔미호의 언행은 매우 조심스러웠다.

“……?”

“하나는 강 장로일 것이고, 다른 이는 누구지?”

박현이 묻고 싶은 것을 조완희가 대신 물었다.

“응 장로이십니다.”

팔미호는 지극히 목소리를 낮췄다.

물론 그녀의 존대는 조완희가 아닌 박현을 향하고 있었다.

“응 장로?”

박현은 조완희를 쳐다보았다.

“흠.”

조완희는 낮게 신음을 흘렸다.

“삼두일족응. 가히 천외천 중에 한 분이시지.”

조완희가 의외로 그를 높여 말했다.

“언제 보자고?”

박현은 궁금한 것이 많았으나 팔미호가 있어 묻지 않았다.

“모레 자정쯤 시간이 괜찮으시다면 그날 뵙자고 하셨습니다.”

"모레라."

당장 내일도 아니고, 특별히 일이 있지도 않았다.

"그리하지."

"예."

팔미호는 조용히 그 자리에서 사라졌다.

그리고 십여 분 둘은 침묵을 이어갔다.

"누군데 그러나?"

"누구?"

"삼두일족응."

"이 땅의 조용한 수호자셨지."

"셨다?"

"봉황이 주인이 되기 전까지."

"삼족오라 하지 않았나?"

박현은 고개를 갸웃거리며 물었다.

"물론 주인은 그분이셨지만, 그분과 호형호제를 하며 한 팔 거드셨지."

"흠."

"그런 분이 봉황회의 장로라. 당최 이해가……. 아! 그래서."

조완희는 갑자기 무릎을 탁 쳤다.

"와신상담에 오월동주라."

이어진 말에 박현은 전후 사정이 대략적으로 이해가 되었다.

"다른 이는 몰라도 응 장로의 마음은 얻을 수 있으면 얻어라."

박현은 대답하지 않고 인상을 찌푸렸다.

뭔지 모를 싸한 느낌이 들었다.

육감, 이 육감이 박현의 생명을 살렸다.

'뭐지?'

"젠장."

박현은 미간을 찌푸렸다.

"만나면 안 돼."

"왜?"

조완희는 이해할 수 없다는 듯 박현을 쳐다보았다.

"봉황의 눈이 그에게 닿아 있을 거야, 분명!"

"……!"

"간사하고 꾀가 많은 봉과 황이 왜 삼두일족응을 곁에 두었을까? 적은 가깝게 두라 했어."

"이런!"

조완희의 얼굴이 순간 굳어졌다.

"어찌한다."

"기원한테 부탁을 해야겠군."

조완희가 자리에서 일어났다.

같은 암행단이니 부담 없이 팔미호를 만날 수 있을 것이다.

“가는 길에 비형랑 좀 불러줘.”

“그래.”

대답을 하던 조완희가 고개를 팩 돌렸다.

“근데 왜! 어! 다들 우리 집에 있는 거냐?”

조완희가 소리를 버럭 질렀다.

“그건 낸들 아나. 오면 물어볼게.”

박현이 얄궂은 웃음과 함께 어깨를 슬쩍 들어올렸다.

“야!”

조완희는 그런 박현을 보며 소리를 다시 한번 더 빽 질렀다.

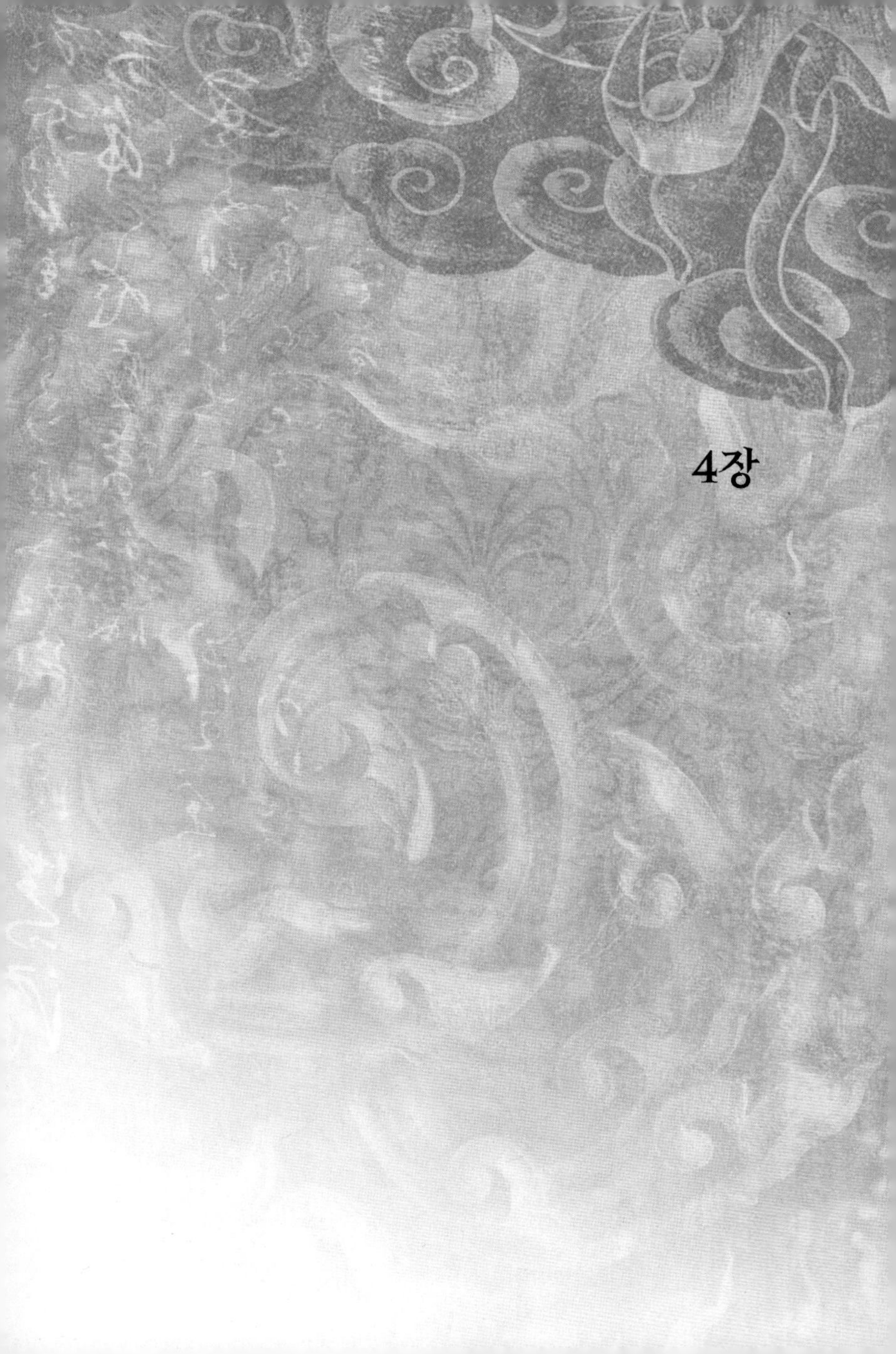

4장

"무슨 일인데 귀찮게 불러."

비형랑은 자다 나온 건지 귀찮은 표정을 대놓고 드러냈다.

"한 잔 마셔."

박현이 빈잔에 위스키를 따랐다.

"여기에 뭐가 들었는지 알고 마셔?"

비형랑은 이죽거리며 술잔을 옆으로 밀었다.

"뭘 그렇게 의심해?"

"그럼 의심 안 하게 생겼냐?"

노골적이지는 않지만 여전히 박현을 향한 시선에는 적의가 담겨 있었다.

"마셔. 이상한 거 안 탔으니까."

박현이 다시 그의 앞으로 잔을 내밀자 비형랑은 인상을 슬쩍 찌푸리며 술잔을 들었다.

"마귀 같은 놈."

마셔야 할 수밖에 없음을 비형랑은 잘 알기에 이를 슬쩍 갈면서 술잔을 단숨에 비웠다.

"술 마시려고 부른 건 아닐 테고."

탁.

비형랑은 빈 잔을 탁자에 내려놓았다.

박현은 신기를 자신의 심장으로 밀어 넣어 잠든 고독을 깨웠다.

암컷 고독이 곧바로 비형랑의 심장에 머문 수컷 고독을 깨운 건 자명한 일.

"뭐하는 짓이지?"

고독이 깨어난 것을 느낀 비형랑이 입술을 지그시 깨물며 물었다.

파직!

마치 정전기가 심장에 닿은 듯한 뜨끔한 기운이 흘렀다.

"뭐 하는 거야!"

비형랑은 들고 있던 술잔을 손아귀로 부수며 자리에서 벌떡 일어나 은은한 살기를 내뿜었다.

"심장이나 다시 살펴."

박현은 그런 살기를 무심히 흘리며 무뚝뚝하게 말했다.

"뭘 살피……!"

심장에 단단히 틀어박힌 고독이 느껴지지 않자 비형랑은 눈을 부릅떴다. 그의 눈동자가 잠시나마 요동쳤다.

"멀뚱히 서 있지 말고 앉아."

박현의 말에 비형랑은 어색하게 다시 자리에 앉았다.

"여튼, 성질하고는."

박현은 새 술잔을 비형랑 앞으로 내밀었다.

쪼르르, 다시 그의 술잔을 채웠다.

"……뭔 짓이지?"

비형랑은 위스키가 담긴 술잔을 잠시 내려보다 박현을 쳐다보며 물었다.

"뭐하는 짓이긴. 보는 바와 같아."

"……."

"그러니까 왜 고독을 없앤 거지?"

"없애도 지랄이군."

"뭐, 지랄?"

박현의 이죽거림에 비형랑의 눈썹이 꿈틀거렸다.

"본인이 그다지 말재간이 있는 편도 아니고, 그냥 단도직입적으로 말하지."

"……?"

"떠나려면 떠나고."

박현은 비형랑을 지그시 쳐다보았다.

"함께하자면 진정한 마음으로 함께하자."

"미친, 뭐 이런 놈이 다 있어?"

비형랑은 황당하다는 듯 박현을 쳐다보았다.

고독으로 묶어둘 때는 언제고, 앞뒤 맥락 다 자르고 뜬금없이 갈 테면 가고, 있을 테면 있으라니.

이걸 어떻게 받아들여야 할지 한순간이지만 아무 생각이 들지 않았다.

"뭘 바라는 거야?"

족쇄도 사라졌겠다 그냥 자리를 뜨면 되는데 비형랑은 자리를 뜨지 않았다. 뭔지 모를 무언가가 자꾸 그의 엉덩이를 주저앉히고 있었기 때문이었다.

"말했을 텐데. 함께하고 싶다고."

그 말에 비형랑의 눈살이 슬쩍 찌푸려졌다.

"고독 때문에 어쩔 수 없이가 아니라, 진정한 마음으로 함께 가자."

"……."

비형랑은 굳은 눈으르 박현을 쳐다보았다.

"일단 고맙다."

비형랑은 가슴을 툭툭 두들겼다.

"생각할 시간을 줘."

"그러지."

당장 답을 듣지 못해 아쉽지만 채근할 수는 없는 일.

"가는 길에 묘두사도 불러줘."

"그러지."

비형랑이 자리를 뜨고 얼마 시간이 지나지 않아 묘두사가 긴장된 모습으로 왔다. 박현은 가볍게 그녀의 심장에 머문 고독을 없애주었다.

깜짝 놀라 쳐다보는 묘두사에게 박현은 비형랑에게 전후 사정을 들으라 이야기하고는 돌려보냈다.

* * *

다그락— 다그락—

봉은 손안에서 호두알을 돌리고 있었다.

"그 후로 해태가 발걸음을 하지 않는다고?"

"그렇사옵니다, 폐하."

"흠."

봉의 침음과 함께 호두알 소리만 대전의 정적을 깨고 있었다.

"용왕은?"

"보름 전 다시 용궁으로 돌아갔사옵니다."

해태와 용왕.

봉이 그 둘 사이를 모르지는 않지만, 수십 년 왕래가 없다가 근래에 잦은 만남을 나누니 뭔가 께름칙했다.

"특별한 일은 없고?"

"평안이 이어지니 폐하의 복이 아닐까 하옵니다."

백택은 담담히 고개를 끄덕이며 손을 저었다.

"물러가라."

"예, 폐하."

봉황은 조심스럽게 물러나는 백택을 가느다란 눈매로 지켜보았다.

드득— 드드득—

그가 대전에서 사라진 후 봉황은 반개한 눈을 감고 호두알을 돌리며 생각에 잠겼다.

"무슨 생각이 그리 깊은지요."

황이 그의 상념을 깨우며 족히 백여 년은 되어 보일 법한 보이차를 내놓았다.

"요즘 짐의 용안이 흐려진 게 아닌가 싶어."

"네?"

황이 깜짝 놀라 봉을 쳐다보았다.

봉은 그런 황을 보며 누구보다 사랑스러운 미소를 지어 보였다.

"이 용안을 말하는 게 아닐세."

봉은 손가락으로 자신의 눈을 가리켰다.

"하오면."

"눈과 귀가 막힌 느낌이야."

그 말에 황의 눈매가 사납게 변했다.

"감히!"

황은 몸을 바르르 떨었다.

"백택이옵니까?"

"평화가 길었던 게지."

봉의 입가에서도 미소가 사라졌다.

"피를 부를 때도 되었지요."

봉과 황의 지배는 철저하게 피로 점철된 공포 정치였다.

"상선."

봉의 부름에 쥐상의 구부정한 사내가 다가왔다.

마치 늙은 내시처럼 보이는 이는 쥐소리 귀신[1)], 서씨였다.

"예, 폐하."

"보고하라."

"백 부회주의 보고는 다름이 없사옵니다."

"다름이 없다?"

봉은 미간을 찌푸리며 고개를 갸웃거렸다.

"그 말이 사실이냐?"

봉은 눈초리를 치켜뜨며 물었다.

"예, 폐하. 하오나."

"……."

"그에 반해 암행규찰 두령의 보고가 잦은 것을 보면 필시 보고를 올리지 않는 무언가가 있다 사료되옵니다."

"거짓이 아닌 숨긴 거다?"

"신은 그리 생각하옵니다."

"흠."

봉은 풍성한 수염을 쓰다듬었다.

"그리옵고."

"말하라."

"요즘 들어 고 장토와 강 장로의 회합이 잦으며, 최근 응 장로와도 자주 만나고 있사옵니다."

"그렇군."

봉은 잠시 생각을 하더니 고개를 끄덕였다.

"무엇 때문에 회합을 한다더냐?"

황이 물었다.

"그것까지는 소신이 잘……."

"본궁에 감서가 몇이거늘, 그걸 못 알아내!"

황이 역정을 냈다.

"비록 소신이 그들을 다루기는 하나 쥐새끼들의 성정이 워낙 음흉하여……."

"되었다. 그리고 되었소."

봉은 인자한 목소리로 황을 다독였다.

"서 상선."

"예, 폐하."

"믿을 만한 놈들로 하여금 계속 지켜보라."

"알겠나이다."

쥐소리 귀신, 서 상선이 종종걸음으로 물러났다.

"폐하께서 너무나도 너그러운 모습을 보였사옵니다."

"짐도 그리 생각하네."

"저들에게 진정한 공포가 무엇인지 보여주시옵소서."

"하긴, 피를 한 번쯤 볼 때가 되었지."

봉의 미소가 비틀어졌다.

"이참에 해태와 용왕도 손을 봐야겠어."

"폐하."

황이 봉을 불렀다.

"그들은 여전히 그냥 두실 참이십니까?"

"그들?"

"같잖은 이무기들 같이옵니다."

그 말에 봉의 눈가가 찌푸려지며 주름이 파였다.

"만인들이 뭐라고 하시는지 아십니까?"

"또 그 이야기요?"

듣기 싫은지 봉의 표정은 더욱 찌그러졌다.

한반도에는 태양과 달이 있다.

봉황이 낮을 지배하는 태양이라면, 이면의 어둠을 지배하는 또 하나의 달이 있으니.

문제는 명분도 없고, 그들의 힘이 적지 않다는 거다.

"끄응."

황이 기분이 나쁜 만큼 봉도 불쾌하기는 마찬가지.

"짐 역시 그대와 같은 마음이오. 이 나라에 또 다른 왕이라니!"

봉의 눈에서 무시무시한 살기가 흘러나왔다.

하지만 이내 살기는 흐려졌다.

"지금은 아니야. 회를 정리하고 해태와 용왕이 먼저야. 그리고 난 다음이야. 다음."

"소녀는 폐하를 믿고 따를 뿐이옵니다."

"인내의 과실은 달콤하지. 이 자리가 주었던 것처럼."

봉은 자신이 앉아 있는 용상을 꽉 틀어쥐었다.

*　　*　　*

서까래에서 자그만 쪽지가 책상 위로 툭 떨어졌다.

감서의 쪽지.

구미호 고미호는 재빨리 쪽지를 들었다.

서 상선의 눈이 닿아 있다.

짧지만 확실한 문장.

이보다 확실한 전언은 없었다.

서 상선.

그는 나이도 출신도 불분명한 쥐들의 왕이다.

허나 그가 쥐들의 왕이나, 쥐의 간사함마저는 넘어서지 못한 듯 그가 믿고 부리는 감서들은 절반을 넘지 못했다.

아니 어느 정도인지 모두가 불분명했다.

어찌 되었든 쪽지를 읽은 고미호는 입술을 지그시 깨물었다.

'내막은 모를 것이야.'

문제는 꼬투리가 잡혔다.

'어찌해야 하나.'

고 장로는 고민에 잠겼다.

'일단 박현을 만나는 일부터 막아야겠군.'

막 자리에서 일어나는데 그녀의 집무실 문이 열리고 팔미호가 안으로 들어왔다.

"언니."

그녀는 다급히 구미호에게 다가가 속삭였다.

"봉황의 눈이 아마 응 장로에게 닿아 있을 거라며 만남을 미루자고 합니다."

"박현이 그러더냐?"

"네. 서 두령을 통해 전해 왔어요."

"하아—."

고 장로는 얕은 한숨을 내쉬었다.

"……왜 그러세요?"

"아둔하다. 아둔해. 밖의 인물도 아는 것을."

고 장로는 고개를 저으며 다시 한숨을 내쉬었다.

"네?"

영문을 모르는 팔미호는 의아한 표정을 지었다.

"안 그래도 감서가 그러한 낌새가 있다 전해 왔다."

"……."

"봉황이 서 상선을 통해 보는 것이지."

팔미호는 입술을 지그시 깨물었다.

"그럼 어찌할 생각이세요?"

“일단 그를 만나는 건 미뤄야겠지.”

“그러하면.”

“일단 강 장로를 만나 논의를 해봐야겠어.”

“하지만 봉…….”

“어차피 눈치를 챈 거. 대놓고 움직여야지. 그래야 의심을 덜 할 터.”

고 장로는 자리에서 일어났다.

그러한 사실은 쥐소리 귀신, 서 상선의 입을 통해 봉황에게로 전해졌다.

“간이 배 밖에 나왔음이야.”

봉의 살심이 나직하게 흘러나왔다. 이미 마음속 살생부에 그녀가 올랐음이 분명했다.

*　　*　　*

고독을 지운 그날.

비형랑과 묘두사는 가타부타 말없이 사라졌다.

“오판인가?”

조완희는 표정을 잠시 굳혔다.

“그만 좀 인상 써. 이미 엎어진 물이야. 그리고 그들이 없어도 잘 살아왔고, 잘 살아갈 거야.”

『이히히히, 우리 없이 진짜 잘 살아가려고?』

늙은 귀신이 나타나 얼굴을 쑥 내밀었다.

"뭐냐!"

갑작스러움에 박현은 신기를 터트렸다.

『주, 주인의 전언이다!』

신기에 혼백이 흔들린 귀신은 애써 형체를 유지하며 소리를 지르듯 말을 내뱉었다.

"뭐야, 비형랑의 귀(鬼)였어?"

조완희가 대별왕의 기운으로 흔들린 귀신의 혼백을 잠시 보듬어주었다.

"그 싸가지가 뭐라고 하데?"

『싸, 싸가지……, 헙!』

자신의 말이 비형랑에게로 가감 없이 전해진다는 것을 뒤늦게 안 귀신은 얼른 자신의 입을 가렸다.

"싹퉁머리 없이 간다 온다 말없이 사라졌으니 싸가지가 맞지. 이래서 사람은 검은 머리 짐승을 거두는 게 아니라고 했었는데. 안 그래?"

『그래, 그렇지. 옛말 틀린 거 없다고, 요즘 것들은 영 싸가지가 없…….』

박현의 화술에 말린 늙은 귀신은 고개를 끄덕이며 맞장구를 치다가 순간 멈칫했다.

그리고 보았다.

자신을 향해 씨익 입꼬리를 말아 올리는 박현의 미소를.

『네, 네노옴!』

늙은 귀신은 수염을 부르르 떨며 노기를 터트렸다.

"죽고 싶나?"

박현이 신력을 다시금 끌어올려 늙은 귀신을 압박했다.

『딸꾹. 끄윽! 딸꾹!』

늙은 귀신은 딸꾹질을 하며 금세 꼬리를 내렸다.

"그래서 그 싹퉁머리가 뭐라고 전하라고 하던가?"

"야이, 썅!"

목소리 하나가 담장을 훌쩍 넘어와 박현을 향해 삿대질을 했다.

"왔냐?"

그런 그는 바로 비형랑이었다.

"뭐? 싹퉁머리에 싸가지? 너 이 새끼."

비형랑의 몸에서 짙은 투기가 흘러나왔다.

턱!

우악스러운 손이 비형랑의 목을 어깨동무를 하듯 감싸며 은근히 졸랐다.

"여어."

비형랑의 투기를 가라앉히며 손을 슬쩍 들어 보이는 이

는 다름 아닌 용병팀 골든 엑스의 대장 금돼지, 쌍도끼였다.

*　　*　　*

박현은 맞은편에 앉아 있는 금돼지 쌍도끼와 비형랑을 쳐다보았다.

"어쩐 일로 오셨습니까?"

"박 팀장, 그래 안 봤는데. 손님이 왔는데 술 한 잔도 안 주고."

쌍도끼는 능글맞은 표정과 목소리로 박현을 슬쩍 째려봤다. 물론 그 눈빛에는 장난기가 가득했다.

"위스키?"

박현은 피식 웃으며 자리에서 일어났다.

"브랜디면 더 좋고."

그의 말대로 박현은 브랜디 한 병을 가져와 각자 앞에 놓인 잔을 채웠다.

쌍도끼는 브랜디를 마치 막걸리처럼 쭉 마셨다.

"크, 좋군."

쌍도끼는 빈 잔을 쭉 내밀었고, 박현은 그의 잔을 다시 채워줬다.

“내 부팀장에게 재미난 이야기를 들었는데 말이야.”

“말씀하시죠.”

박현은 비형랑을 슬쩍 일견했다.

“뭐라 합디까?”

박현의 분위기가 얼음처럼 싸늘해졌다.

“봉황을 칠 거라고?”

“…….”

박현의 눈빛이 사납게 빛났다.

“대답해주겠나? 확실히 봉황을 죽이려는가?”

쌍도끼는 잔을 다시 비운 후 조금은 격하게 탁자에 내려놓았다. 그리고 몸을 앞으로 숙여 박현에게로 좀 더 가까이 가져갔다.

“왜 그걸 알고 싶지?”

경어도 사라졌다.

“알아야 할 이유가 있으니까.”

쌍도끼의 눈빛과 목소리에서도 장난기가 사라졌다.

“그 이유가 뭐지?”

박현은 다시 물었다.

쌍도끼는 입을 열지 않고 말없이 박현을 노려보았다.

둘의 눈빛이 허공에서 맞부딪혔다.

동시에 둘의 기 싸움이 시작된 것이다.

분위기가 팽팽하게 당겨졌다.

"그만 좀 해요, 좀."

비형랑은 그런 쌍도끼의 등을 손바닥으로 툭 쳤다.

"별걸 가지고 기 싸움이야, 기 싸움이. 야, 너도 그만 해."

그리고는 박현의 정강이를 발로 툭 쳤다.

"하튼 성질머리들하고는."

자기는 안 그랬던 것처럼 비형랑은 둘을 툭 쏘고는 우아한 모습으로 술잔을 들어 입으로 가져갔다.

퍽!

"지랄한다."

쌍도끼는 비형랑의 뒤통수를 솥뚜껑 같은 손바닥으로 후려쳤다.

"아얏!"

비형랑은 몸이 앞으로 숙여지며 들고 있던 술잔을 놓쳐 옷에 술이 쏟아졌다.

"미쳤나, 이 시키가."

비형랑의 몸이 균형을 잃을 때 박현은 의자를 발로 걷어차 올렸다.

와당탕탕탕—

비형랑은 결국 의자와 함께 바닥으로 나뒹굴었다.

파란 하늘이 보였다.

비형랑은 잠시 눈을 껌뻑였다.

"이 썅!"

비형랑은 자리에서 벌떡 일어나 소리쳤다.

"왜 나한테 지랄이야!"

"뒤지고 싶냐?"

"그냥 죽을까?"

금돼지가 주먹을 치켜 올렸고, 박현이 발을 들어 올렸다.

"헛!"

눈앞으로 날아온 주먹과 발에 비형랑은 훌쩍 뒤로 물러나며 웅크려 몸을 보호했다.

허나 날아오는 주먹과 발은 없었다.

얼굴을 보호한 양팔 사이로 박현과 쌍도끼는 언제 그랬냐는 듯 마주앉아 서로를 노려보고 있었다. 문득 혼자 상상에 빠져 미친놈이 된 게 아닌가 착각이 들 정도였다.

"괜찮아야. 다 그렇게 사는 거여야."

서기원이 옆으로 다가와 비형랑의 어깨를 토닥여주었다.

"동동주 한 잔 어때야?"

서기원은 찌그러진 양푼 사발에 가득 담긴 동동주를 내밀었다.

“거 참 눈빛 한번 살벌하구먼.”

쌍도끼는 박현의 심해처럼 가라앉은 눈빛을 보며 결국 졌다는 듯 등받이 뒤로 몸을 젖혔다. 그리고는 술잔을 다시 비웠다.

“크.”

술맛이 쓴지 쌍도끼는 미간을 슬쩍 찡그렸다 폈다.

“토사구팽(兎死狗烹). 그 말의 뜻은 알지?”

“알지.”

“우리 일족이 딱 그 짝이란 말이야.”

쌍도끼의 눈에서 씁쓸함과 분노가 느껴졌다.

“봉황을 말하는 건가?”

“그래. 찢어 죽여도 시원찮을 연놈들!”

쌍도끼의 눈에서 시퍼런 살기가 번쩍였다.

“그 연놈들은 우리 일족을 이용만 해먹고 헌신짝처럼 버렸다.”

“…….”

“우리 일족의 품에서 힘을 키우고, 우리 일족의 도움으로 비상한 것이……, 까드득!”

쌍도끼는 이빨을 갈았다.

“우리 금돼지 일족이 지하로, 용병계로 숨은 이유이다.”

쌍도끼는 이글거리는 눈으로 박현을 쳐다보았다.

"용이라고? 그리고 봉황을 제거할 것이라고?"

용이라는 단어에 박현의 뺨이 씰룩거렸지만 그는 별다른 내색을 하지 않았다. 쌍도끼의 목소리에서 분노가 느껴졌기 때문이었다.

"그리 볼 것 없다. 비록 내 밑에 있다지만 그 역시 우리의 일족이나 다름없으니."

박현은 비형랑에게서 시선을 거둬 다시 쌍도끼를 쳐다보았다.

"맞나?"

"맞다면?"

"우리도 한 팔 거들지."

박현은 쌍도끼를 지그시 쳐다보았다.

"거들지 않아도 돼."

거절에 쌍도끼의 눈이 잠시 부릅떠졌다.

"그저 거들 생각이라면 가."

박현은 자리에서 일어났다.

"너도 우리를 무시하는 건가?"

쌍도끼는 자리에서 벌떡 일어나 지독한 분노를 뿜어냈다.

"무시하는 게 아니다."

"하면!"

"나는 나와 함께할 이를 원한다."

"……."

"그대가 본인을 못 미더워하는 것처럼 본인도 그대 일족이 미덥지 않다. 본인이 뭘 믿고 등을 맡기겠나? 그대라면 그대의 일족의 등을 내게 맡길 수 있겠나?"

"……."

박현의 말에 순간 쌍도끼는 아무 대답도 하지 못했다.

"그저 돕겠다 하면 본인이 고맙다고 할 줄 알았나?"

박현은 그에게서 등을 돌렸다.

"저리 보내도 괜찮아야?"

서기원이 조용히 붙으며 물었다.

"괜찮아."

"……?"

"어차피 저들의 선택지는 본인밖에 없어. 그러니 올 거야, 반드시."

박현은 입꼬리를 슬쩍 말아 올렸다.

그리고는 은근슬쩍 궁둥이를 붙이고 뭉그적거리는 조완희에게 전음을 날렸다.

"젠장."

쌍도끼는 술잔으로는 부족했던지 브랜디를 병째 들고 벌컥벌컥 마셨다.

"그만하쇼."

비형랑이 술병을 빼앗았다.

"열불 나는 건 알겠는데, 도움 안 됩니다."

비형랑은 술병을 한쪽으로 치운 후 맞은편에 앉았다.

"솔직히 재수 없는 자식 말도 틀리지 않았구만, 뭐."

"뭐야?"

쌍도끼는 눈을 시퍼렇게 뜨며 비형랑을 쳐다보았다.

"목숨 걸고 싸울 판에 모르는 이가 와서 형님 등을 지켜드리겠습니다, 하면 잘도 '그래! 나의 등을 맡기마!' 하겠소."

"나도 알아."

"아이구, 아는데 그랬습니까?"

비형랑은 이기죽거렸다.

"이 시키가 진짜!"

"그러게 생각 좀 하고, 계획대로 해요, 좀."

"젠장!"

쌍도끼는 애꿎은 땅을 발로 찼다.

"그래서 어떻게 하면 좋겠냐?"

"뭘 어째요? 다음을 기약하는 거지."

"뭘 다음을 기약해. 저 녀석, 아니 저분 그분들의 동생이라며!"

"아이, 씨! 진짜! 쫌!"

비형랑은 재빨리 자리에서 일어나 쌍도끼의 입을 막았다.

"그걸 왜……. 아이구, 진짜."

비형랑은 가슴을 주먹으로 치며 답답해했다.

"말 다 했네. 다 했어."

엉덩이가 굼뜬 조완희가 이미 그 말을 들은 후였다.

"어지간하면 그냥 못 본 척 넘어가려 했는데 답답해서 못 봐주겠네."

조완희가 의자를 끌고 둘 앞으로 다가가 자리를 잡았다.

"요는 복수하고 싶다 이거죠?"

"그렇지."

"방법이 아예 없지는 않은데."

조완희는 사근사근한 목소리로 속삭이듯 말했다.

오히려 목소리가 낮아져서일까, 쌍도끼는 귀를 더욱 쫑긋 세웠다.

"뭔 수가 있나?"

"있지요."

조완희는 미소를 지어 보였다.

"형님. 조 박수는 그 새끼 편이에요."

"비형랑. 우리끼리 네 편 내 편이 어디 있나? 비희 님과의 인연이 곧 현이와의 인연이지. 안 그렇습니까?"

"어? 어어? ……그런가?"

"어디서 궤변을."

"아닌가?"

"그 새끼가 나한테 한 걸 생각하면……."

"그거야 상황이 그럴 수밖에 없었잖아. 그리고 없던 일로 해줬잖아. 너를 믿고. 안 그래?"

"그렇기는 하지만!"

"그렇게 안 봤는데. 사내가 돼서 마음이 좁쌀보다 작구만. 곧 죽어도 고개를 숙이기 싫고. 그래서 쌍도끼 님의 오래된 한도 외면하고."

"뭐야, 그런 거야?"

조완희의 말에 쌍도끼는 비형랑을 향해 눈을 부라렸다.

"그 새끼 음흉한 놈이라고요. 그러다 다시 뒤통수 맞으면 어쩌려구요."

"그 말은 즉 비희 님이 음흉해서 뒤통수를 친다는 말이네."

"무슨 말도 안 되는 말을 하는 거야?"

"현이가 뒤통수를 친다는 말은 결국 비희 님이 뒤통수를 친다는 말이잖아. 같은 형제니까."

조완희는 눈을 반개하며 비형랑을 쳐다보았다.

"이거 이 사람 못 쓸 사람일세. 비희 님이 많은 덕을 베풀었다고 들었는데."

비형랑은 순간 말문이 턱 막혔다.

분명 궤변이 분명한데 딱히 반박할 거리가 떠오르지 않은 탓이었다.

"잠깐!"

그때 쌍도끼가 둘 사이에 끼어들었다.

"복잡하다. 뭐가 어떻고 어떤 거야?"

"안 복잡합니다."

"그러면?"

"그냥 비형랑의 마음이 밴댕이 소갈딱지만 하다 이거죠. 그래서 이렇게 뭉그적거리는 거고요."

"하긴, 이 녀석은 그게 문제야."

"여튼 박현을 믿는 게 아니라 비희 님을 믿고 그냥 눈 딱 감고 고개 한 번 숙이세요. 그러면 박현도 마지못해 받아줄 겁니다."

"그러면 되는 거야?"

"암요."

"그래도 자존심이 좀 상하기는 하는데."

"에이."

조완희는 친근하게 다가가 옆구리를 툭 쳤다.

"용이에요. 용. 또 비희 님의 동생. 한 번쯤 그의 밑에서 웅지를 키워볼 만하지 않습니까?"

"흠."
쌍도끼는 손으로 꺼끌꺼끌한 턱수염을 긁었다.
"봉황 잡아야죠."
조완희는 스윽 손을 뻗어 쌍도끼의 손을 마주 잡았다.
"이런 기회 날마다 오는 게 아닙니다."
믿음직한 미소와 함께 맞잡은 손에 힘을 꽉 주었다.
"그, 그런가?"
쌍도끼는 눈을 잠시 껌뻑이며 애써 머리를 굴리려 했다.
"그럼요."
조완희는 그럴 틈을 주지 않았다.
"그, 그렇지."
"암요."
"……."
"이제 가족이 될 텐데, 형님이라 불러도 될까요?"
"형님?"
쌍도끼는 눈을 동그랗게 떴다.
"예, 형님."
"……."
"제가 누군지 아시죠?"
"알지. 조 박수의 위명을 모르는 이가 있을까."
"에이, 조 박수가 뭡니까."

"……그럼?"

"조 동생~ 한번 해보시죠."

"도, 동생?"

"형님 동생 하기로 했잖습니까!"

"그, 그랬나?"

"그랬죠."

"그런 거 같군."

"형님!"

조완희는 목소리에 힘을 줘 그를 불렀다.

"조 동생!"

"이 동생 한번 믿어보시죠."

조완희는 가슴을 팡팡 치며 자연스럽게 쌍도끼를 자리에서 일으켜 세웠다.

"갑시다, 형님."

"그래! 가자! 동생이 가자는데 가야지. 암!"

쌍도끼는 조완희의 어깨에 손을 턱 올렸다.

그렇게 둘이 떠나고.

"뭐, 뭐야? 저 사기꾼은."

비형랑은 눈을 몇 번 껌뻑였다. 뭔가 이상하게 정리가 된 후 둘이 사라졌다.

*용어

1) 쥐소리 귀신: 조선후기 문인 이원명이 편찬한 야담집 '동야휘집'에 따르면, 쥐소리 귀신은 쥐의 모습으로 말을 할 수 있다 하였다. 이 쥐소리 귀신은 돈과 음식을 찾는다 한다.

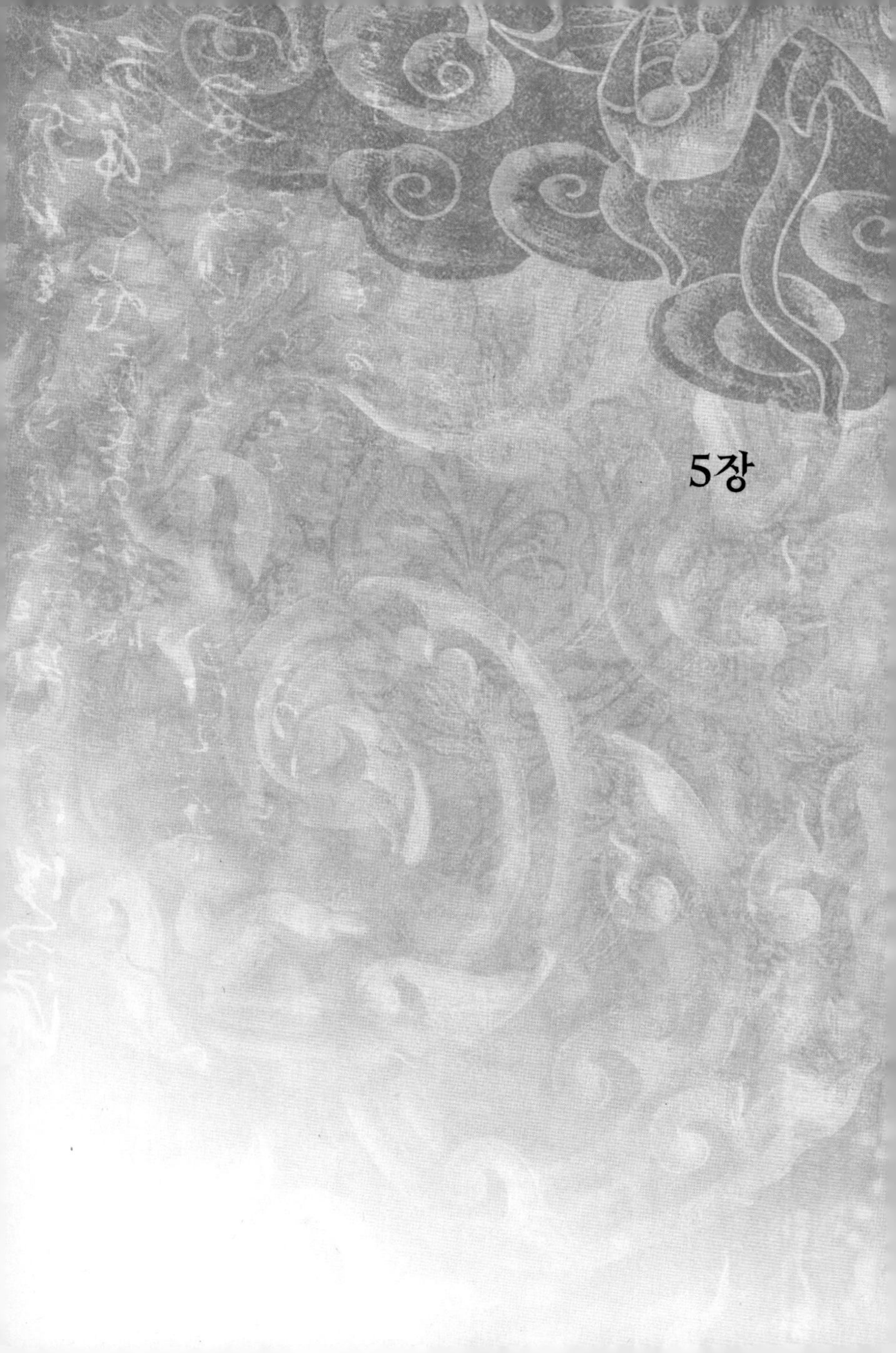

5장

"그래서 본인 밑으로 들어오고 싶단 말씀이십니까?"

박현은 조완희와 나란히 서 있는 쌍도끼를 바라보며 물었다.

"……그, 그렇."

"현아."

그때 조완희가 슬쩍 끼어들었다.

"친구 좋다는 게 뭐냐. 친구 형님이 이리 말하는데 그냥 받아주자. 어?"

"흠."

박현은 눈매를 굳히며 조완희와 쌍도끼를 번갈아 쳐다보

았다.

“공적이야 어쩔 수 없이 군신 관계를 맺어야겠지만 사적이야 형님 동생 하면서 지내면 되지 않겠나. 동생이 형의 원한을 갚는 데 도와주고, 형은 동생의 앞날을 위해 힘을 써주고. 좋잖아.”

“음.”

박현은 곧바로 대답하지 않았다.

“야! 박현!”

조완희는 눈을 부라리며 언성을 높였다.

“막말로 내 형님이면 네 형님이기도 하잖아. 너는 꼭…….”

“도, 동생. 너무 그러지 마라. 이 형은 괜찮다.”

쌍도끼는 박현의 눈치를 슬쩍 보고는 조완희에게 작게 속삭여 그를 나무랐다.

“형님. 아무리 그래도 이건 아닙니다.”

조완희는 오히려 더욱 소리를 높였다.

“내 형님이라잖아! 우리의 우정이 그거밖에 안 되는 거냐? 어?”

“하아—.”

박현은 고개를 저으며 나직하게 한숨을 내쉬었다.

“알았다. 알았어.”

박현은 자리에서 일어나 쌍도끼를 쳐다보았다.

"형님, 원한을 갚는 데 제가 도와드리겠습니다. 무례를 용서해 주십시오."

박현은 정중하게 허리를 숙였다.

"아, 아니. 그게 아니라."

쌍도끼는 당황해서 손사래를 쳤다.

"비록 이 녀석의 의형이지만 관계는 확실해야 하는 법. 사적이야 어떠하든 주군으로 모시겠소."

쌍도끼는 허리를 크게 숙여 예를 표했다.

"부디 우리 일족을 버리는 일만 없도록 해주시오."

"그럴 일은 없을 겁니다. 본인이 약속하겠습니다. 그리고 예가 과합니다."

박현은 숙여진 쌍도끼의 허리를 손수 세웠다.

"이 녀석 의형이시니 제 의형으로 모시겠습니다. 더불어 일족을 제 형제로 여기겠습니다."

"고맙네. 진정 고맙네. 그 마음 부디 변치 마시게."

"보십시오, 형님. 제가 뭐라고 했습니까. 하하하하!"

조완희는 과장되게 웃음을 터트렸다.

"이……."

그때 전후 사정을 파악한 비형랑이 끼어들었다.

"읍! 읍!"

그의 뒤를 따르던 서기원이 재빨리 비형랑의 입을 막았다.

조완희의 눈이 어지럽게 오가더니 그가 쌍도끼의 어깨에 손을 척 올렸다.

"형님!"

"그래, 동생."

"이렇게 기쁜 날, 술이 빠지면 되겠습니까!"

"오! 술! 역시 동생이 뭘 알긴 아는군."

"가십시다! 오늘 동생이 한잔 쏘겠습니다."

"아니야. 이렇게 기쁜 날 형이 쏴야지."

"누가 쏘면 어떻습니까. 함께 마시는 게 중요하지요."

"크하하하하하! 동생은 정말 마음에 드는군. 가세!"

둘은 어깨동무를 하고는 밖으로 나갔다.

조완희는 고개를 슬쩍 돌려 윙크를 날렸다.

박현은 피식 웃은 뒤 비형랑을 서늘한 눈빛으로 쳐다보았다.

"이 사기꾼들아!"

비형랑이 서기원의 품에서 벗어나 소리를 버럭 질렀다.

"ㅎㅎㅎㅎㅎ!"

서기원이 음침하게 웃으며 다시 비형랑을 덮쳤다.

"아얏! 으뜨뜨뜨!"

비형랑은 삶은 달걀로 눈가를 문질렀다.

"다 좋은 게 좋은 거 아니겠냐."

박현이 삶은 달걀을 입에 물었다.

"그래야."

"그래도 이건 사기…… 읍읍!"

서기원은 달걀을 하나 까서 비형랑의 입에 넣어버렸다.

"배신은 죽음뿐이어야. 명심해야."

"배딘 가튼 소리……."

"아이, 씨. 삼키고 말하든가, 다 튀잖아."

박현은 비형랑 입에서 튀나오는 달걀 파편을 피했다.

"자꾸 그러면, 백화 데려와 옆에 붙여버린다."

박현의 말에 비형랑의 얼굴이 굳어졌다.

"이 악마 같은 놈아!"

"그러니까 조용히 가자. 어차피 함께하려고 온 거 아니야? 금돼지 일족도 함께하면 좋겠다 싶어 데려온 거고."

"너 형님 일족 배신하면 지옥 끝까지 따라가 죽여 버린다. 그것만 지켜."

"적어도 본인은 내 사람을 버리지는 않아."

박현이 씨익 웃음을 지어 보였다.

"내가 미쳤지. 너를 뭘 믿고."

비형랑의 날 선 눈빛이 가라앉았다.

"달걀에는 사이다가 최고여야."

서기원은 캔 사이다를 하나 까서 비형랑에게 내밀었다.

*　　*　　*

다음날.

박현은 주요 인물들을 소집했다.

조완희와 서기원, 호효상이 좌측에, 금돼지 일족을 대표하는 쌍도끼와 비형랑이 우측에 자리했다.

그리고 이들에게는 낯선 이들이 박현의 집으로 찾아왔다.

바로 한성그룹 후계자 한석민과 화랑문의 문주 김월이었다.

"낯선 이들도 있을 테니 다들 인사를 나누도록 하지."

박현의 말에 간단한 자기소개를 더한 인사가 오갔다.

"이렇게 모이라고 한 이유는 다름 아닌 향후 일에 대해 알려줄 것이 있어서이다."

모인 이들은 서로의 면면을 살피며 이제 큰 한 걸음을 내딛는 순간임을 느꼈다.

"우선, 형님. 일족을 통합할 수 있겠습니까?"

박현은 쌍도끼에게 물었다.

"조만간 일족 회의를 열 생각일세."

"빠른 시간 안에 통합해 주시기 바랍니다."

"실망시키지 않음세."

박현은 고개를 끄덕이며 호효상을 쳐다보았다.

"호족을 확실히 정리할 생각이다."

그 말에 호효상의 표정이 슬쩍 굳어졌다.

"준비하겠습니다."

하지만 군말하지 않고 박현의 명을 받았다.

족장인 호치강이 어리석지 않으니 분명 박현의 품으로 들어올 터.

"호족이 정리되면."

박현의 시선이 한석민에게로 꽂혔다.

"우리가 기맥 파폭을 먹자."

"……!"

"……!"

모두의 눈이 부릅떠졌다.

"헐~, 저 배포 보소."

비형랑.

빡—

쌍도끼는 그런 비형랑의 뒤통수를 한 대 후려 갈겼다.

"사적으로 어찌되었든 주군이시다. 말버릇 고쳐라."

그 모습에 조완희가 윙크하며 엄지손가락을 슬쩍 들어올려 보였고, 쌍도끼는 무안하다며 어깨를 으쓱 들어올렸다.

'헐~.'

그 모습에 비형랑의 턱이 툭 떨어졌다.

"자—. 계란 묵어야."

서기원이 벌어진 비형랑의 입으로 계란 하나를 쑥 넣었다.

"너는 계란 먹지 못해 죽은 귀신이라도 붙었냐?"

"이상하게 요즘 계란이 땡겨야."

칙—

"사이다도 한 잔 해야?"

서기원이 캔 사이다를 딴 후 빨대를 꽂아 비형랑에게로 내밀었다.

"또라이 새끼들."

그러면서 비형랑의 입은 어느새 캔 사이다에 꽂힌 빨대로 향하고 있었다.

"맛있네."

비형랑은 목을 턱 막는 계란의 고소함과 답답함을 시원하게 뚫어주는 사이다의 청량감에 저도 모르게 달콤한 미소를 지으며 고개를 끄덕였다.

"그지야?"

그런 그의 모습에 서기원이 팔을 툭 치며 희희낙락했다.

'……!'

순간 정신이 돌아왔다.

'진짜, 뭐하는 짓이냐고!'

자신이 이상한 건지 이놈이 이상한 건지.

비형랑은 서기원을 보며 고개를 절레절레 저었다.

물론 그 순간에도 비형랑의 입은 쉬지 않았다.

계란 하나, 사이다 한 모금.

"맛있냐?"

박현이 입 안 가득 터질 듯 계란을 먹고 있는 비형랑에게 물었다.

"마씨떠."

"그래, 많이 먹어라."

박현의 말에 비형랑은 그제야 정신을 차리고 주변을 쳐다보았다. 하나같이 눈살을 찌푸린 채 비형랑을 쳐다보고 있었다.

"내가 다 부끄럽다."

쌍도끼.

"왜 나한테만……."

비형랑은 고개를 돌려 서기원을 쳐다보았다.

"……?"

분명 자기 옆자리에 앉아 있던 서기원이 없었다.

"……!"

서기원은 어느새 자신의 맞은편에 앉아 있었다.

깨끗했다.

어느 한 곳 음식을 먹었다고 느껴지지 않을 정도로 입가와 손이 깔끔했다.

"때와 장소를 좀 지켜야."

서기원은 그래도 양심이 찔리는지 시선을 피하며 슬쩍 말을 던졌다.

툭—

서기원의 배신에 반쯤 베어 문 달걀이 비형랑의 손에서 바닥으로 툭 떨어졌다.

"쉽지 않을 테야."

쌍도끼.

"압니다. 하지만 먹어볼 참입니다."

쉽지 않다는 것은 박현도 잘 알고 있었다.

하지만 그곳에 봉황을 향한 길이 보이니 안 갈 수 없었다.

"그곳을 먹는다면 우리는 누구보다 강해질 것입니다. 또

한 엄청난 재력이 들어오고 우리의 힘을 급격히 키울 수 있습니다."

마석, 영물, 등등.

"어려워도 길이 보이면 가야지. 힘껏 돕겠네."

박현은 한석민을 쳐다보았다.

"봉황의 돈줄기가 어디지?"

"대부분의 그룹의 현금이 봉황으로 향하나 그중 가장 중심이 되는 것은 일성그룹입니다."

"일성그룹이라."

"그곳만 무너지면 봉황회에서도 적잖은 타격을 받을 것입니다."

"흠."

"기맥 파폭에서 나온 기물들의 절반 이상이 일성그룹으로 들어갑니다."

"그래? 그렇다면 더더욱 먹어야겠군."

박현의 눈빛이 더욱 반짝였다.

"그걸 한성그룹으로 돌리면 다 소화할 수 있나?"

"무조건 소화할 겁니다."

"이왕이면 잡아먹어 보자."

"예."

한석민은 고개를 살짝 숙이며 대답했다.

"기맥 파폭을 우리가 먹고, 그것을 이용해 일차적으로 봉황회의 돈줄을 잘라 먹는다."

박현의 결심이 명령으로 이어졌다.

"옙!"

"알겠네."

"예, 주군."

복명의 소리를 들으며 박현이 자리에서 일어났다.

"가자! 호족을 삼키러!"

그 명에 호족 전사들이 자리에서 일어났다.

*　　*　　*

막 잠에서 깨어 기지개를 켤 이른 아침.

호족 족장 호치강은 정자에서 차 한 잔을 앞에 두고 깊은 생각에 잠겨 있었다.

"무슨 생각을 그리 깊이 하시는가?"

최고 장로 호철호 장로가 정자에 올라서며 그의 상념을 깨웠다.

"오셨습니까?"

"아이들이 떠난 지 꽤 되었군."

호철호 장로는 먼 산을 올려다보았다.

"죄송합니다."

호치강은 아무 말 없이 그들을 떠나보낸 것에 대해 사과했다.

"사과까지 할 것 없네."

호철호 장로는 먼 산에서 눈을 떼지 않은 채 입을 열었다.

"소식이 뜸한 것을 보면 그분을 향해 마음을 굳힌 모양일세."

"자칫 일족의 미래가 위험할 수도 있습니다."

"미래는 우리의 몫이 아니야. 그 아이들의 몫이지. 우리의 몫은 그저 그 아이들을 힘닿는 데까지 돕는 게 아니겠나."

"그리 생각해 주셔서 감사합니다."

호치강은 고개 숙여 감사의 뜻을 표했다.

"허허."

호철호 장로는 너털웃음을 지으며 고개를 돌렸다.

"호랑이도 제 말 하면 온다더니."

"아침부터 이상하리만큼 차가 마시고 싶다더니 손님이 오려 했었나 봅니다."

호치강도 호철호 장로의 시선이 닿은 곳으로 고개를 돌렸다.

잠시 후, 박현과 그를 따르는 다섯의 호족 전사들이 모습을 드러냈다.

"오랜만에 뵙겠습니다."

호철호 장로가 자리에서 일어나 예를 표했다. 박현은 아무 말 없이 조용히 고개를 숙여 인사를 건넸다.

"제가 준비한 것은 아니지만 차 한 잔 하시지요."

"그러지요."

박현은 호효상과 함께 정자로 올라섰다.

호치강은 식은 찻물을 버리고 다시 찻물을 우려냈다.

"좋은 차는 아닙니다."

호치강은 찻잔에 차를 채웠다.

"잘 마시겠습니다."

박현은 찻잔을 들어 차를 마셨다.

사실 차에 대해서 잘 몰랐지만 녹차가 주는 개운함은 매우 만족스러웠다.

아무 말 없이 찻잔이 비워질 때쯤이었다.

"족장님!"

호효상이 자리에서 일어나 무릎을 꿇었다.

"족장님!"

"족장님!"

그의 목소리에 정자 아래에서 대기하고 있던 호족 전사

넷도 무릎을 꿇었다.

호치강은 슬쩍 박현을 쳐다보았다.

박현은 조용히 차를 마실 뿐 별다른 기색을 내보이지 않았다.

"차 한 잔 마실 시간도 주지 않는구나."

"……죄송합니다."

"급할수록 돌아가라 했다. 일단 차를 비우자."

"예."

대답은 그리했지만 호효상은 그 자리에서 움직이지 않고, 그의 말을 기다렸다.

그 모습에도 호철호 장로는 마치 자신의 일이 아닌 듯 차를 마시고 있었다.

"차 맛이 좋습니다."

"차는 잘 모르지만, 좋군요."

박현도 희미하지만 흡족한 미소를 지었다.

반면 호치강은 깊은 생각에 잠긴 듯 그의 찻잔은 쉬이 비워지지 않았다.

하지만 시간은 흐르고, 찻잔은 비어가는 법.

탁.

생각의 정리가 끝난 듯 호치강은 식은 찻잔을 다 비운 후 빈잔을 내려놓으며 호효상을 쳐다보았다.

"네 뜻은 박현 님과 함께하는 것이냐?"

"그렇습니다."

"그렇다면 나를 찾아온 게 다가 아닐 터."

"일족 전체와 함께하고 싶습니다."

"함께라."

호치강은 박현을 슬쩍 일견했다.

"너의 인생뿐만 아니라 일족의 생존이 담긴 일이다."

"알고 있습니다."

"알고 있다?"

"고민 끝에 내린 결론입니다."

"만약 내가 반대를 한다면?"

호치강의 눈빛이 서늘하게 바뀌었다.

그리고 호효상은 그런 눈빛을 기꺼이 받아들였다.

"설득해 볼 참입니다."

"그래도 반대한다면?"

"……."

호효상은 입술을 지그시 깨물며 눈을 감았다.

잠시 눈이 흔들린 까닭이었다.

하지만 다시 떴을 때 그의 눈에서는 조금의 망설임도 없었다.

"기꺼이 발톱을 꺼낼 것입니다."

"나에게, 일족에게?"

"예."

"뜻을 맞추는 것 또한 지금 이 시간이 처음이자 마지막입니다."

그 말에 호치강의 눈썹이 꿈틀거렸다.

호치강은 마치 조손처럼 호철호 장로와 오순도순 차를 마시는 박현을 흘깃 쳐다보았다.

"처음이자 마지막이라."

호치강은 박현을 향해 작지 않은 목소리로 혼잣말을 중얼거렸다.

"뭐가 그리 급한 거냐?"

호치강의 목소리는 호효상을 향했지만 박현을 향한 질문이었다.

"우리가 갈 길이 급합니다."

"갈 길이 급하다?"

"예."

"무엇을 준비하기에 그리 급한 건가?"

호효상은 슬쩍 박현의 눈을 쳐다보았다.

박현은 여전히 호철호 장로와 오순도순 차를 마실 뿐이었다. 하지만 무언이 곧 허락임을 느낀 호효상은 가볍게 숨을 마신 후 입을 열었다.

"기맥 파폭을 우리가 모두 먹을 예정입니다."

그 말에 호치강의 눈이 부릅떠졌다.

"허허, 허허허허."

호철호 장로는 너털웃음을 터트렸다.

"참이십니까?"

호철호 장로는 조용히 박현에게 속삭이듯 물었다.

"좋은 곳이더군요."

"좋은 곳이기는 하지요."

"굳이 좋은 걸 남과 나눌 필요가 있겠나 싶더군요."

"그래서요?"

"모조리 본인의 사람들에게 줄 생각입니다."

"허허허허."

호철호 장로는 다시금 웃음을 터트렸다.

박현과 호철호 장로의 대화였지만 그건 비단 둘의 대화가 아니었다.

"찬란한 일족의 번영을 위함입니다."

"그 길에 무수한 피가 흐른다."

"제 피를 먼저 깔겠습니다."

호효상의 말에 호치강은 다시 눈을 감았다.

그로 인해 잠시의 정적이 흐르고.

"효상아."

"예."

"이른 감이 없지는 않다만."

호치강은 잠시 말을 끊었다.

"네가 이제 호족의 족장이다."

"……!"

호효상의 눈이 부릅떠져 있었고, 정자 아래에서 조용히 대기하고 있던 다른 이들의 고개가 급격히 정자 위를 향했다.

"내가 그 걸음을 이끌기에는 힘이 부칠 듯하다. 너의 선택이 너희의 미래다. 그러니 네가 이끄는 게 옳다."

"조, 족장님……."

"쉽다 여겨지느냐?"

호치강이 물었다.

"쉽지 않을 겁니다."

"그래, 쉽지 않을 테다. 일족의 규율 때문일지라도."

호효상의 얼굴이 순간 굳어졌다.

족장이 은퇴하면 동시대의 전사들도 함께 은퇴하여 원로원으로 향한다.

아직 호효상은 어리다.

그리고 호치강도 젊다면 젊은 나이.

즉, 호족의 최대 전력이자 전사들은 자신들의 세대가 아닌 호치강의 세대들이었다.

"그들을 설득해야 할 것이야."

"……."

"쉽지 않을 테다."

수백 년 이어져 내려온 전통.

전사일수록 고집과 아집이 강하다.

그렇기에 그들을 설득하는 것은 사실상 불가능에 가깝다.

"그들을 설득해야 너의 길에 명분이 생긴다."

허나 호치강은 그들을 설득하라 한다.

"족장님!"

말도 안 되는 일이기에 호태성이 그만 참지 못하고 목소리를 드러냈다.

"조용!"

호효상은 호태성의 입을 닫게 만들었다.

"해보겠습니다. 아니 하겠습니다. 반드시!"

그 말이 떨어지자 박현은 자리에서 일어났다.

"그만 가보시렵니까?"

"가 봐야지요."

"수일 내로 다시 뵙지요."

호철호 장로도 함께 자리에서 일어나며 배웅했다.

"뵐 수 있으면 좋겠습니다."

"믿으십니까?"

호철호 장로는 호효상을 지그시 쳐다보며 물었다.

"내 사람을 본인이 안 믿으면 누가 믿겠습니까?"

"주군."

"마무리하면 연락해."

"주군이 나서주시지 않으십니까?"

호태성이 다시 참지 못하고 나섰다.

"나서면?"

"그야 당연히 주군의 힘에 무릎을 꿇지 않겠습니까?"

"그렇겠지."

"……. 헌데 왜……?"

호태성은 순간 박현의 말을 이해하지 못하고 잠시 눈을 껌뻑이다가 다시 물었다.

"불만인가?"

"예."

호태성답다.

다른 이라면 빈말이라도 아니라고 할 텐데.

"나는 호족을 모두 감싸 안고 이끌 정도로 그릇이 크지 못해."

"예?"

"이제껏 봤으면서 뭘 다시 묻나? 본인이 어디 그대들을 잘 이끌던가?"

"이제껏 잘 이끌어 주시지 않으셨습니까?"

호태성이 반문했다.

"본인은 그대들을 이끈 게 아니라 강제로 끌고 간 거지."

"그게 그거 아닙니까?"

"다르지. 그리고 본인은 오로지 호효상, 그 하나만 끌었다. 그리고 호효상, 그대들의 소족장이 너희들을 이끈 것이다."

호태성의 눈이 잠시 호효상으로 향했다.

"끌끌끌끌."

박현의 말에 호철호 장로가 나직하게 웃음을 터트렸다.

"이거, 늙은이가 무례를 했습니다."

호철호 장로는 사과했지만 눈빛은 뭔가 묘했다.

"참으로 남다른 그릇을 가지셨습니다."

"그릇이 작은 탓이지요."

"주둥이가 좁은 호롱보다야 입구가 큰 사발이 낫지요."

호철호 장로는 싱긋 눈웃음을 지었다.

박현은 의미 없는 웃음을 슬쩍 지으며 호효상에게로 걸어가 말없이 그의 어깨를 두들겼다.

"그럼 또 보겠습니다."

박현은 호치강에게 고개를 살짝 숙인 후 정자에서 내려왔다.

"아직도 불만이 있나?"

그 물음에 호태성이 고개를 저었다.

"주군 말이 맞습니다. 효상 형님을 믿는 게 곧 저희들을 믿는 겁니다."

"너희들도 따라 올 것 없다. 효상이 도와."

"예, 주군."

호태성이 대표로 그의 명에 복명했다.

호촌을 벗어난 박현은 남쪽으로 축지를 펼쳤다.

"다음은 금돼지 일족인가?"

박현의 걸음은 경주로 향했다.

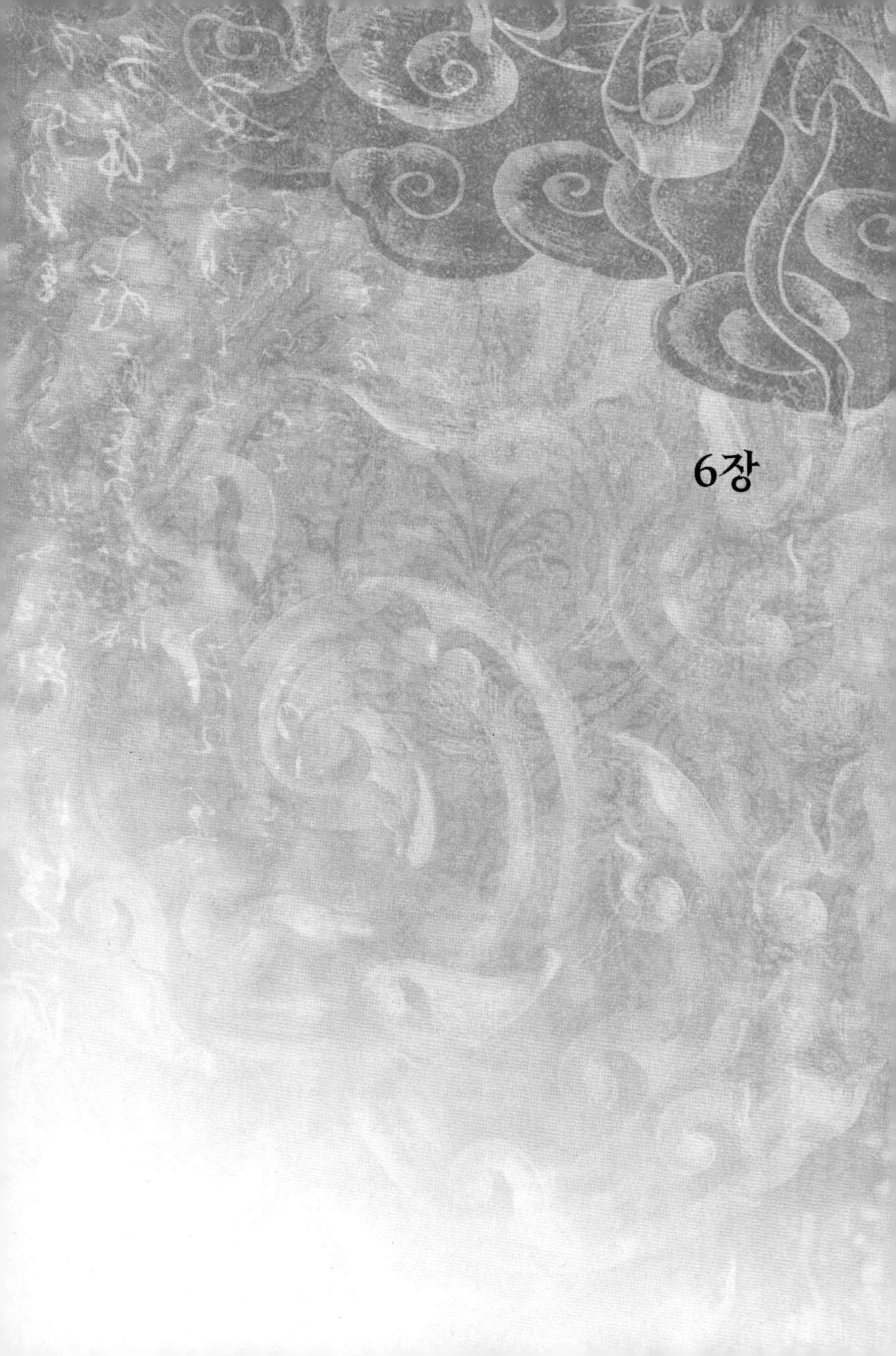

6장

경주 토함산 기슭.

외부에 알려지지 않은 고촌(孤村)이 있었다.

이 고촌은 한옥의 고택이 즐비한 경주 최씨 집성촌이었다.

허나 이 고촌은 경주 최씨 가문에서도 잊혀진 집성촌이었다. 정확히는 잊혀진 것이 아니라 잊게 했다는 게 좀 더 옳다.

오직 경주 최씨의 세계(世系)의 종가 종손 정도만 아는 가문의 비밀이기도 하였다.

그런 잊혀진 고촌 입구에 박현이 내려섰다.

천애의 경관이 눈에 들어왔다.

골짜기 울창한 나무숲과 골짜기 사이의 분지가 겹쳐 보였다. 그리고 그 분지에 수십 채의 오래된 한옥들이 옹기종기 모여 있었다.

"이곳도 결계로 보호되어 있군."

국립공원 내 오지에 결계라, 확실히 외부의 시선을 차단할 수 있는 위치였다.

결계의 한구석이 슬쩍 흐려지더니 두 명의 사내가 밖으로 나왔다.

두 사내는 잠시 두리번거리더니 박현을 발견하고는 그의 앞으로 걸어와 고개를 살짝 숙였다.

"박현 님 되십니까?"

둘은 옅은 색이 들어간 한복을 입고 있었다.

다만 그 한복이 옛것이 아닌 현대식 개량한복이었다.

"그렇습니다."

"종손께서 찾으십니다."

"종손이요?"

"……?"

"최길성 종손이십니다."

"……?"

마중 나온 사내가 조금 더 설명을 덧붙였지만 박현은 조금도 그가 누구인지 이해하지 못했다.

"음."

설명한 사내도 박현이 영 못 알아듣는 눈치자 미간을 슬쩍 찌푸렸다.

"아따, 형님. 종손의 실명을 말하면 우째 알아듣는교?"

"맞네."

다른 사내의 말에 종손을 소개한 이가 손바닥을 주먹으로 툭 쳤다.

"쌍도끼 님이 부르셨습니다."

"……쌍도끼?"

"예."

"골든 엑스 팀의……."

"맞습니다."

사내는 이제야 서로 이해가 되자 밝은 미소로 고개를 끄덕였다.

"헐~."

설마 그 단순하고 호방한 쌍도끼가 금돼지 일족의 종손일 줄이야.

박현은 자신도 모르게 소리를 밖으로 냈다.

"죄송합니다. 미처 생각지도 못한 터라."

아무리 박현이라도 이곳은 그들의 본거지였다.

최소한의 예의는 필요한 법.

더군다나 그는 이 무리의 종손이라고, 종손?

종갓집?

박현은 생각을 하다 말고 고개를 갸웃거렸다.

“궁금한 것이 있는지요?”

“종손이시라면.”

“……?”

“제가 쌍도끼 님에 대해 아는 것이 너무 없군요.”

박현은 사내의 시선에 멋쩍은 표정을 슬쩍 지었다.

“이해합니다. 사실 금돼지 일족에 대해 자세히 아는 분은 없지요.”

“최치원을 시조로 삼는 경주 최씨에는 26개의 종파가 있지.”

입구에 비형랑이 서 있었다.

“하지만 알려지지 않은 종파가 하나 더 있어. 해운검파(海雲劍派), 여기가 그 해운검파의 집성촌이야.”

비형랑이 걸어와 박현과 어깨를 나란히 했다.

“내가 안내하지.”

“예, 형님.”

“옙.”

그의 말에 두 사내는 허리를 꾸벅 숙이고 사라졌다.

“해운은 시조이신 최치원 님의 자(字)야. 즉, 그분이자 경주 최씨를 뜻하지. 뒤에 검이 붙은 건 경주 최씨를 지키라는 의미를 담고 있어."

"그렇군."

박현은 비형랑을 따라 마을로 들어섰다.

생각보다 마을은 제법 활기찼다.

"근데 말이야."

박현은 문득 궁금한 게 떠올랐다.

"종손이면 가주 아니냐?"

"맞아."

"그런 종손이 그렇게 돌아다녀도 되는 거고?"

박현의 물음에 비형랑이 피식 웃음을 삼켰다.

"종손이지만 실질적으로 해운검파를 이끄는 이는 차손 되시는 최가성 님이시다."

똑똑한 동생이 있으니 그렇게 마음껏 활개치고 다니는 모양이었다.

"그렇게 생각 없이 돌아다니시는 거 아니다."

박현의 생각이 얼굴로 드러났는지 비형랑이 퉁명스럽게 그를 변호했다.

"뭔가 이상한 거 느끼는 거 없나?"

박현은 활기찬 마을을 쳐다보았다.

요즘 볼 수 없는 한옥과 개량한복을 입고 뛰어다니는 아이들의 모습은 평범했다.

아니 평범하다 여겼다.

그런데 관심을 가지고 살펴보니 뭔가 위화감이 느껴졌다.

"모두들 외로운 아이들이다."

외롭다면…….

"고아들인가?"

"엄밀히 말하자면 고아는 아니지."

비형랑은 씁쓸한 눈으로 뛰어노는 아이들을 쳐다보았다.

"시조이신 최치원 님의 설화를 들어본 적이 있나?"

"대충."

"최치원 님은 설화[1]처럼 반인반괴의 인물이셨지. 그 피는 여전히 경주 최씨의 피에 흐르고."

"금돼지의 피가 해운검파로 이어진 건가?"

박현의 물음에 비형랑은 고개를 저었다.

"대부분의 경주 최씨는 인간으로 살아가지. 하지만 수십 수백 어쩌면 수천 분의 일 확률로 금돼지의 피가 깨어나는 아이들이 있어."

비형랑의 눈이 다시 아이들에게로 향했다.

"그런 이들이 모여 해운검파를 이어간다네."

"흠."

"이러한 비밀은 종파 종손들과 몇몇 어르신들만 알고 있어."

"……."

"어쨌든 시조의 귀한 피가 이어졌지만 한편으로 버림 아닌 버림을 받은 아이들이지. 자라면서 그 울분이 어디 가겠나? 가슴 한편에 차곡차곡 쌓이지. 종손께서는 그런 울분을 풀어주시는 거야."

"골든 엑스가 단순한 용병 팀이 아니었군."

"골든 엑스는 곧 해운검파지."

그의 설명을 듣는 사이 다른 한옥보다는 규모가 큰 기와집 앞에 도착했다.

"이곳이야. 해운검파의 종갓집."

비형랑은 박현을 데리고 종갓집 안마당으로 들어갔다.

어깨까지 치렁치렁 내려오던 곱슬머리는 단정하게 묶여져 있었고, 지저분한 수염은 깔끔하게 정리되어 있었다. 무엇보다 반짝거리는 체인 장식의 가죽 옷을 벗고 개량 한복을 입고 있으니 쌍도끼, 아니 최길성은 무척이나 새롭게 보였다.

"왔어?"

쌍도끼 최길성은 참으로 순박하게 손을 저었다.

"오라고 해서 오기는 왔습니다만."

박현은 최길성 뒤에 서 있는 이로 눈이 자연스레 옮겨갔다.

쌍도끼 최길성이 마치 삼국지의 여포 같다면 그 뒤에 서 있는 이는 고고한 선비처럼 보였다.

'차손 최가성인 모양이군.'

객이 먼저 인사를 하는 게 보기 좋은 법, 박현은 그를 향해 고개를 살짝 숙였다.

"박현이라고 합니다."

"이야기 많이 들었소. 최가의 가성이라 하오."

"근데 조 동생은 같이 안 왔어?"

"아마 따로 올 겁니다."

"쩝."

최길성은 아쉬운 듯 입맛을 다셨다.

"오늘은 공인가 사인가?"

"사적이라 하죠. 엄연한 종손이신데."

최길성의 얼굴이 환해졌다.

또 그 말이 마음에 들었는지 한결 편한 모습으로 팔을 안으로 휘휘 저었다.

"들어와."

"예."

박현은 비형랑과 함께 사랑채 대청을 지나 종손 방으로 향했다.

누구도 아닌 골든 엑스의 수장 쌍도끼의 방이라 좀 더 특이하지 않을까 했는데 방 안은 고루한 옛 멋이 가득했다.

"앉아."

행동거지는 좀 더 차분해졌지만 그의 특유의 걸걸함은 여전했다.

"예."

박현이 자리에 앉아 주변을 살펴보았다.

맞은편 상석에 최길성이 앉아 있었고, 우측에는 최가성이 좌측에는 비형랑이 앉아 있었다. 비형랑은 익숙하게 다기 세트를 가져와 차를 우렸다.

"근데 어째 편해 보인다."

"나야, 여기서 자랐으니까."

비형랑은 별일 아니라는 듯 어깨를 으쓱거렸다.

"같은 신라 출신에 선대부터 인연이 이어져 왔으니까 그리 어색한 것도 아니지요."

최가성의 말에 박현은 비형랑을 쳐다보았다.

"선대? 비형랑이 이름이 아니라 하나의 호칭이었냐?"

"그럼 내가 뭐 천년만년 산 요물로 보이냐?"

"뭐 그건 아니지만."

차가 우려지고 차를 한 모금 마셨다.

요즘 들어 차를 참으로 많이 마신다 싶었다.

"종손께서 박현 님과 함께하고 싶다 하셨습니다."

최가성.

"물론 저도 함께하고 싶습니다."

가볍게 일족 정도로 생각했는데, 집성촌으로 보니 이들이 가진 힘은 상상 이상으로 컸다.

한 마디로 월척 정도로 생각했는데 대어 중에 대어였다.

"용생구자 님의 막내이자 용이시라구요."

"미안하다. 하지만 일족의 일이라 알릴 수밖에 없었다."

최길성의 말을 이해 못 하는 바가 아니었기에 박현은 고개를 끄덕였다.

"그만하면 일족의 명운을 걸만 하다 여겨집니다만……."

"감사합, ……?"

최가성의 말꼬리가 묘하게 끊어졌다.

"그런데 성정이 지랄 맞으시다구요?"

"네?"

박현은 순간 자신이 잘못 들었는가 싶어서 눈을 껌뻑이며 최가성을 쳐다보았다.

분명 잘못 들은 게 맞는 거 같다.

고고하게 허리를 세우고, 단아한 손짓으로 차를 마시는 선비의 입에서 그런 말이 나올 리 없었다.

"비형랑이 그러더군요."

"음?"

"개싸가지라고."

박현은 다시 한번 눈을 껌뻑이며 최가성을 쳐다보다가 비형랑으로 시선을 옮겼다.

빠직!

이마에 핏줄이 돋았다.

"어떻게 훌륭한 용생구자 밑에 개새끼가 태어났는지 모르겠다 하더군요."

욕을 참으로 고풍스럽게 하는 이도 있구나 싶었다.

"비형랑이 그랬겠죠?"

"어찌 선비가 고자질을 할 수 있겠소."

최가성은 조용히 눈을 감으며 차를 마셨다.

하지만 안다.

그런 이야기를 할 놈은 단 한 명뿐이라는 것을.

박현은 은은한 살기를 내비치며 비형랑을 노려보았다.

"뭐? 지랄 맞은 개싸가지?"

"험!"

비형랑은 내심 찔리는 것이 있는지 헛기침을 삼켰다. 하지만 '내가 뭐? 그래서 어쩌라고? 여기서 네가 뭘 할 수 있을 것 같냐?' 하는 듯 고개가 빳빳했다.

"근데 모르는 게 하나 있네."

박현의 입꼬리가 삐죽 올라갔다.

"뭐?"

"한때 본인의 별명이 미친개였다는 거."

"뭐? 미친……."

박현의 품에서 단검이 뽑혀져 나와 비형랑의 목을 베어 갔다.

"이, 썅! 이 미친놈!"

"알아! 나 미친놈인 거. 거기에 개싸가지지?"

비형랑은 우당탕탕 창호지를 붙인 창문을 부수며 밖으로 튀어나갔다.

"우아아악!"

하지만 비형랑은 밖으로 튀어나간 속도만큼이나 빠르게 방 안으로 튕겨져 들어왔다.

부서진 창문 밖에 조완희와 서기원이 서 있었다.

"뭐여야? 뭔가 내 배를 스쳐 지나간 것이 있었던 것 같아야."

서기원은 눈을 껌뻑이며 통통한 배를 툭툭 쳤다.

"저 왔습니다, 형님."

조완희는 서기원 옆으로 얼굴을 내밀며 손을 들어 흔들었다.

"조 동생, 왔어?"

부서진 창문 틈 사이로 쌍도끼 최길성이 자리에서 일어나며 손을 격하게 흔들었다.

* * *

"풋~."

묘두사가 종손방 안으로 들어왔다가 비형랑의 멍이 든 눈을 보고 저도 모르게 웃음을 내뱉었다.

"아이—."

"아이? 아이 뭐?"

박현이 비형랑의 어깨에 손을 얹으며 품으로 끌어당겼다. 비형랑은 입술을 빠르게 달싹거렸다. 들리지는 않았지만 그건 박현을 향한 거한 욕임에 틀림없었다.

"불만 많아 보인다. 우리 계급장 떼고 한 판 깔까?"

"그만해. 자가 속이 밴댕이 소갈딱지만 해서 그러니까."

"으메. 그래야?"

최길성이 말리자 서기원이 간드러지게 맞장구를 쳤다.

"이야, 그리 안 봤는데야. 비 형이 그런 면도 다 있었어야."

"그렇다니까. 다들 저 뜯어먹지도 못하는 얼굴 때문에 저 성질이라도 다들 헤헤거려."

"으메. 으메!"

서기원은 과장되게 추임새를 넣었다.

"손님들도 왔는데 체통을 지키십시오, 형님."

최가성이 녹차를 들며 조용히 호통쳤다.

"……누구야?"

"내 동생."

"으따."

"졸라 무서워. 그러니까 너도 조심혀."

탁!

최가성이 눈썹을 꿈틀거리며 찻잔을 다탁에 소리 내어 내려놓았다.

"흡!"

"헙!"

최길성과 서기원은 재빨리 자신의 입을 가렸다.

"하여튼, 잘생긴 놈들은 모조리 얼굴을 갈아버려야지. 에잉!"

"음마야!"

너무 놀라 서기원이 저도 모르게 입술 사이로 소리를 흘렸다.

그러자 최가성의 도끼눈이 서기원에게로 날아가 꽂혔다.

"미, 미안해야."

서기원은 쭈뼛 손을 들어 사과했다.

"귀여운 게 흠이지만 사내답게 생겼으니 내 이번에는 조용히 넘어가지요."

"헐~."

이건 또 무슨 상황인가 싶었다.

박현의 신음에 다시 최가성의 매서운 눈빛이 날아와 꽂혔다.

그런 눈빛에 박현은 오히려 눈을 동그랗게 뜨고 그를 쳐다보았다.

"이래서 잘생긴 것들이란. 크흠."

최가성은 헛기침을 내뱉으며 노골적으로 고개를 돌렸다.

"그렇기는 해야. 자도 재수가 쪼매 없기는 해야."

"그렇지. 그렇고말고."

서기원의 말에 조완희도 고개를 끄덕이며 맞장구를 쳤다.

"비형랑은 쪼잔하다."

"박현도 쪼잔하다."

조완희는 최길성의 말을 이어받았다.

"비형랑과 박현은 잘생겼다. 이럴 수가!"

최길성은 눈을 부릅떴다.

"잘생긴 놈들은 모두 쪼잔한 것이었어!"

탄식 아닌 탄식을 내뱉으며 몸을 바르르 떨었다.

이 무슨 이상한 삼단 논법의 오류인가!

"역시. 그랬던 것이었군."

조완희는 팔짱을 낀 채 심각한 얼굴로 고개를 끄덕였고.

"아하—, 반론이 없어야. 지켜주지 못해 미안해야."

서기원은 눈물을 슬쩍 글썽이며 박현을 잠시 쳐다보더니 '흑' 하고 고개를 홱 돌려버렸다.

박현은 어이가 없어 셋을 쳐다보다 그나마 깨어 있는 차손 최가성을 쳐다보았다.

"잘생긴 놈은! 우리의 적!"

그는 오히려 한 수 더 떴다.

"야."

"왜?"

박현은 비형랑을 불렀고, 그는 신경질적으로 말을 받아들였다.

"반기지는 않을 거라 예상했지만……. 이런 건 아니었는데."

"쩝."

비형랑은 입맛을 다시며 박현을 쳐다보았다.

'나보다는 못하지만, 제법 잘생기기는 했어.'

"사실 금돼지 일족은 쪼금 얼굴 콤플렉스가 있어."

"어?"

"그래서 현명한 차손께서도 얼굴 얘기만 나오면 이성을 못 차리시는 거고."

"……그……런 것이였냐?"

"고생 좀 해라."

비형랑은 박현의 어깨를 툭툭 쳤다.

박현을 향한 비형랑의 눈빛에서 짜증은 사라지고 측은지심과 동질감이 묻어나왔다.

"너 고생 많이 했었구나?"

"왜 내가 허구한 날 밖으로 도는지 알겠냐?"

"쪼잔한 적!"

"우메!"

"얍!"

갑자기 의기투합하며 괴성을 지르는 최길성, 최가성, 그리고 서기원과 조완희를 보며 박현과 비형랑은 저도 모르게 뒤로 엉덩이를 물렸다.

"아, 알 것 같다."

"크흑!"

갑자기 비형랑이 소매로 눈물을 훔쳤다.

"이제 내 마음을 알아주는 이가 나타났어."

박현은 그런 비형랑의 등을 툭툭 쳐주었다.

*　　*　　*

“크험!”

최가성은 좀 큰 소리로 헛기침을 내뱉으며 어수선한 분위기를 잡았다.

“무례함은 사과하지 않겠소.”

최가성은 박현을 빤히 쳐다보며 그리 말했다.

이건 뭐—.

무례하다는 걸 알았다는 뜻이었고, 알고 있음에도 사과하지 않는다.

막 나가자는 건 아닌데.

뭐라 할 말은 없었다.

“…….”

그렇다고 딱히 뭐라 대답할 말도 없었다.

“꼬우면 계급장 떼고 한 판 붙어도 되오.”

그냥 박현의 턱이 툭 떨어질 뿐이었다.

“야.”

비형랑이 조용히 귀에 속삭였다.

“……?”

“저 말 진짜다.”

‘이것 봐라.’

박현은 피식 웃음을 쪼개며 몸을 앞으로 가져가며 최가성을 쳐다보았다.

"둘이 한 판 붙자고?"

"둘이면 되지. 왜, 딴 놈 몇이 더 붙을까 쫄리냐?"

최가성이 이죽거렸다.

"아니."

박현은 입꼬리를 말아올렸다.

"뭘 이렇게 말꼬리를 돌리고 또 돌리나 해서."

"뭐라?"

"일족의 운명을 맡길 수 있나, 보고 싶은 거잖아. 안 그래?"

"큼."

"겸사겸사 진심도 살짝 섞은 거고. 안 그래?"

그 말에 최가성이 씨익 웃음을 드러냈다.

"이거 대놓고 말하니 참— 뭐라 대답할 말이 없네."

최가성은 멋쩍어하면서 자리에서 일어났다. 그리고 박현도 그를 따라 몸을 일으켜 세웠다.

* * *

종갓집 넓은 마당에 박현과 최가성이 마주 섰다.

말보다 빠른 것이 소문이라더니.

그저 둘이 나와 마당에 턱 섰을 뿐인데, 어느새 담장 주위로 수십은 족히 되어 보일 이들이 삼삼오오 모여들었다.

나 장사요 할 만큼 거구에, 우락부락한 외모.

사내답다면 사내답다고 할 수 있지만, 문제는 귀여운 구석이 없어 마치 산적을 떠올린다고나 할까?

마르고 통통하고의 차이만 있을 뿐 하나같이 비슷하게 생겼다.

어쩐지 외모 콤플렉스가 있다 싶었다.

'그래도 사내답게 생겼네.'

"준비되셨소?"

차가성이 왼손은 뒷짐을 진 채 오른손을 펼쳤다.

"됐소."

박현이 어깨를 으쓱하며 대답했다.

"오시……."

최가성이 오른손을 까딱하기가 무섭게 박현은 그 자리를 박차고 달려나갔다.

팟!

크게 한 방을 노리려는 듯 오른쪽 어깨를 꿈틀거렸다.

그래도 한 수가 있는 듯 최가성은 그 어깨의 움직임만으로 고개를 옆으로 돌려 피했다.

하지만 그 움직임은 허수, 즉 페인트(feint)였다.

쉭— 툭!

박현은 가볍게 주먹을 날려 최가성의 콧잔등에 잽을 넣었다.

애초에 맞추려고만 했던 주먹이기에 충격이 없었지만 최가성은 눈살을 찌푸리며 뒤로 물러났다.

퍼억!

하지만 박현은 그 순간을 놓치지 않고 최가성의 허벅지에 로우킥을 때려 넣었다.

묵직하게 들어갔는지 최가성의 눈가가 슬쩍 찌푸려졌다.

박현은 보폭을 살짝 좁혀 종종 뛰며 최가성의 얼굴을 향해 잽으로 거리를 만들어갔다.

최가성은 성가신 잽에 쉽사리 들어가지 못했다.

잽이 문제가 아니라 그걸로 거리를 잡고 야금야금 다리를 잡아먹으려는 로우킥 때문이었다.

"큼."

최가성은 마뜩잖은 듯 뒤로 거리를 벌렸다.

"쿠르르르르."

최가성은 신기를 풀풀 흘렸다.

턱수염이 좀 더 복슬복슬하게 바뀌었다. 손과 팔에도 털이 수북하게 났다.

단지 털만 난 것이 아니었다.

커도 살짝 더 커진 듯하고, 가슴 쪽 옷이 팽팽해진 것을 보면 덩치도 좀 더 커진 것 같았다. 딱히 반체로 변한 건 아닌데 기세가 달라졌다.

후세에 인간의 피가 더해져서인가? 아니면 인간의 피가 더 진해서일까.

'흥미롭군.'

박현도 그에 맞춰 좀 더 신기를 끌어올렸다.

툭! 툭!

박현은 다시 거리를 좁혀오는 최가성의 얼굴에 가볍게 잽을 넣었다. 하지만 그는 우악스럽게 박현의 품으로 파고들었다.

후우욱— 퍽, 퍼억!

너무나도 읽기 쉬운 패턴에 박현은 어퍼컷과 훅을 연달아 최가성의 턱과 뺨에 틀어박았다.

하지만 그는 불굴의 인파이터 복서처럼 우악스럽게 박현의 품으로 파고들었다. 그러더니 그의 허리춤을 잡고 들어올렸다.

씨름 기술이었다.

하지만 그는 잘못 생각했다.

힘하면 누구에게도 뒤지지 않는 박현, 아니 백우가 아니겠는가.

"쿠허어어어!"

박현은 단숨에 인간의 모습을 벗고 진체 백우의 모습을 드러냈다.

단숨에 커진 박현은 최가성의 얼굴만 한 왼손을 뻗어 그의 머리를 잡으며 오른 주먹을 그의 얼굴에 내려찍었다.

"크헉!"

최가성은 그 주먹을 이겨내지 못하고 뒤로 날아가 땅바닥에 처박혔다.

"쿠르르르."

박현은 통나무처럼 두꺼운 목을 두둑 꺾으며 그의 앞으로 두어 걸음 걸어갔다.

쿵!

최가성은 바닥에 주먹을 찧으며 자리에서 일어났다.

"꾸르르르르!"

최가성의 입에서도 짐승의 울음이 흘러나왔다.

눈은 시퍼런 흉광을 띠었고, 입 주위로 날카로운 어금니가 입술 밖으로 삐죽하게 솟아났으며, 몸은 더욱 거대해졌다.

그 모습은 보기 좋은 거구가 아닌 뚱뚱함에 가까운 퉁퉁함이었다.

금빛 털이 숭숭한 금돼지.

말이 금돼지지 실은 멧돼지에 좀 더 가까운 모습이었다.

멧돼지를 우습게 보면 안 된다.

그의 돌격에 어금니가 제대로 배에 꽂히면 호랑이도 한 방에 가는 게 멧돼지의 힘이었다.

'이제 좀 재미있어지겠는걸.'

박현은 그런 최가성을 향해 씨익 웃음을 지었다.

"꾸르르!"

최가성은 주먹으로 바닥을 치며 자리에서 일어났다.

구르르르르릉―

그런데 그 주먹이 때린 땅이 이상하다.

마치 잔잔한 물결처럼 박현의 발로 뻗어온 것이었다.

그 물결이 워낙 잔잔해서 박현도 발에 닿고 나서야 깨달을 정도였다.

"……!"

바닥이 물컹한 느낌이 들자마자 그의 발은 땅 아래로 쑥 들어갔다.

도술이었다.

금돼지가 도술을 쓴다 들었지만 이처럼 은밀할지는 몰랐다.

발이 땅에 파묻히자 현란한 발놀림이 사라졌다.

최가성은 백우의 박현만큼은 아니지만 2m가 훨씬 넘는 거구의 몸으로 박현의 배로 달려가 어깨로 들이박았다.

『크크.』

박현은 그 와중에서도 웃음을 흘리며 재빨리 그의 어깨와 머리를 잡아 충격을 최소화했다. 하지만 그의 힘을 이기지는 못하고 뒤로 밀려났다.

두둑—

발목뼈가 살짝 뽑혔다가 제자리를 찾은 건지, 아니면 힘줄이 살짝 늘어난 것인지 발목에서 시큰함이 느껴졌다.

하지만 백우의 뼈는 강골 중에 강골.

'힘을 자랑하고 싶다면.'

힘으로 상대해 주면 될 일.

박현은 금세 고통을 털어내고는 다시 달려오는 최가성을 향해 달려들었다.

두 어깨가 부딪혔다.

콰아앙!

기왓장이 들썩일 정도로 엄청난 파음이 터졌다.

물론 힘에 밀려 뒤로 튕겨져 나간 건 최가성이었다.

"꾸르르르."

마치 몸이 무쇠라도 된 듯 최가성은 벌떡 자리에서 일어나 그를 향해 다시 달려들었다.

스르르륵—

다시 땅바닥이 물렁해졌다.

한 번이야 몰라 당했다 쳐도 두 번은 아니었다.

박현은 가볍게 허공으로 몸을 띄웠다.

'응?'

그러자 땅거죽이 불룩 솟아올라 기어이 박현의 한쪽 발목을 움켜잡고 말았다. 그리고 땅속으로 잡아당기는데 그 힘이 제법이었다.

쿵!

박현은 강제로 바닥에 내려서야 했고, 그런 그를 향해 최가성은 다시 달려들었다.

최가성은 어깨 차징(charging)밖에 모르나 싶을 정도로 우직하게 어깨로 밀고 들어왔다.

박현이 한 다리를 뒤로 길게 빼며 그의 어깨를 잡아 세웠다.

다시금 땅에 파묻힌 발목이 시큰했지만 우선 그의 공격을 막는 게 우선이었다.

후욱—

최가성은 머리가 잡히자 박현의 얼굴을 향해 주먹을 날려왔다.

콰득!

박현은 흙더미째 발을 빼내고는 그의 주먹을 피해 뒤로 물러나며 크게 훅을 날렸다.

퍼억—

훅에 맞은 최가성은 바닥에 몸이 튕겨져 나왔다.

『허어—.』

박현은 엄청난 충격이었을 텐데도 금세 자리를 털고 일어나는 최가성을 보며 적잖게 놀랐다.

맷집이 가히 상상 이상이었다.

"꾸르르르."

『아직이야, 아직!』

최가성은 오히려 주먹으로 자신의 얼굴을 쿵쿵 때리며 다시 박현을 향해 기세를 끌어올렸다.

콰르르르—

이번에는 좀 더 큰 흙 물결이 박현의 다리를 덮쳐왔다.

『한두 번이면 몰라도 세 번은 재미없어.』

박현은 허공으로 껑충 몸을 날렸다.

『다들 그렇게 말을 하고 허공으로 몸을 날리지.』

최가성은 씨익 웃음을 터트렸다.

허공은 땅의 도술에서 벗어날 수 있지만, 신형이 자유롭지 못하다.

최가성은 일격필살을 준비하며 모든 신력을 끌어모았다.

박현의 신형이 땅으로 떨어질 때쯤.

펄럭!

박현의 등 뒤에 커다란 날개가 활짝 펼쳐졌다.

"……!"

『제2라운드!』

박현이 하늘로 솟아올랐다.

*용어

1) 최치원 탄생 설화: 신라 시대 문창고을에 부임해 오는 원님의 부인들이 무엇인가에 납치되어 사라지는 변괴가 일어났다. 이 고을에 새로 부임한 최충은 부인의 치마폭에 명주실을 달아 놓는 대비를 했지만 역시 부인이 사라지고 만다. 최충은 명주실을 따라갔는데 실이 두 바위틈으로 사라져 버려 낙담하였다. 하지만 한밤중에 바위가 열린다는 마을 사람들의 말을 듣고 기다리다가 밤에 열린 바위틈으로 들어갔다. 그러자 향기로운 냄새와 함께 온갖 풍악이 울려 퍼지는 별세계가 눈앞에 펼쳐졌다. 미녀들이 춤을 추는 한가운데 금돼지가 부인의 무릎을 베고 누워 자는 것을 본 최충은 자신이 왔음을 부인에게 알렸다. 부인은 금돼지에게 "제일 무서워하는 것이 무엇이냐?"라고 묻자, 사슴가죽을 씹어 뒤통수에 붙이면 죽는다고 하였다. 이 말을 들은 부인은 지니고 있던 사슴가죽으로 된 바늘쌈지를 금돼지에게 붙여 죽였다. 이렇게 구출되어 온 부인이 아들을 낳았는데, 그가 바로 최치원이다. [네이버 한국민속문학사전]

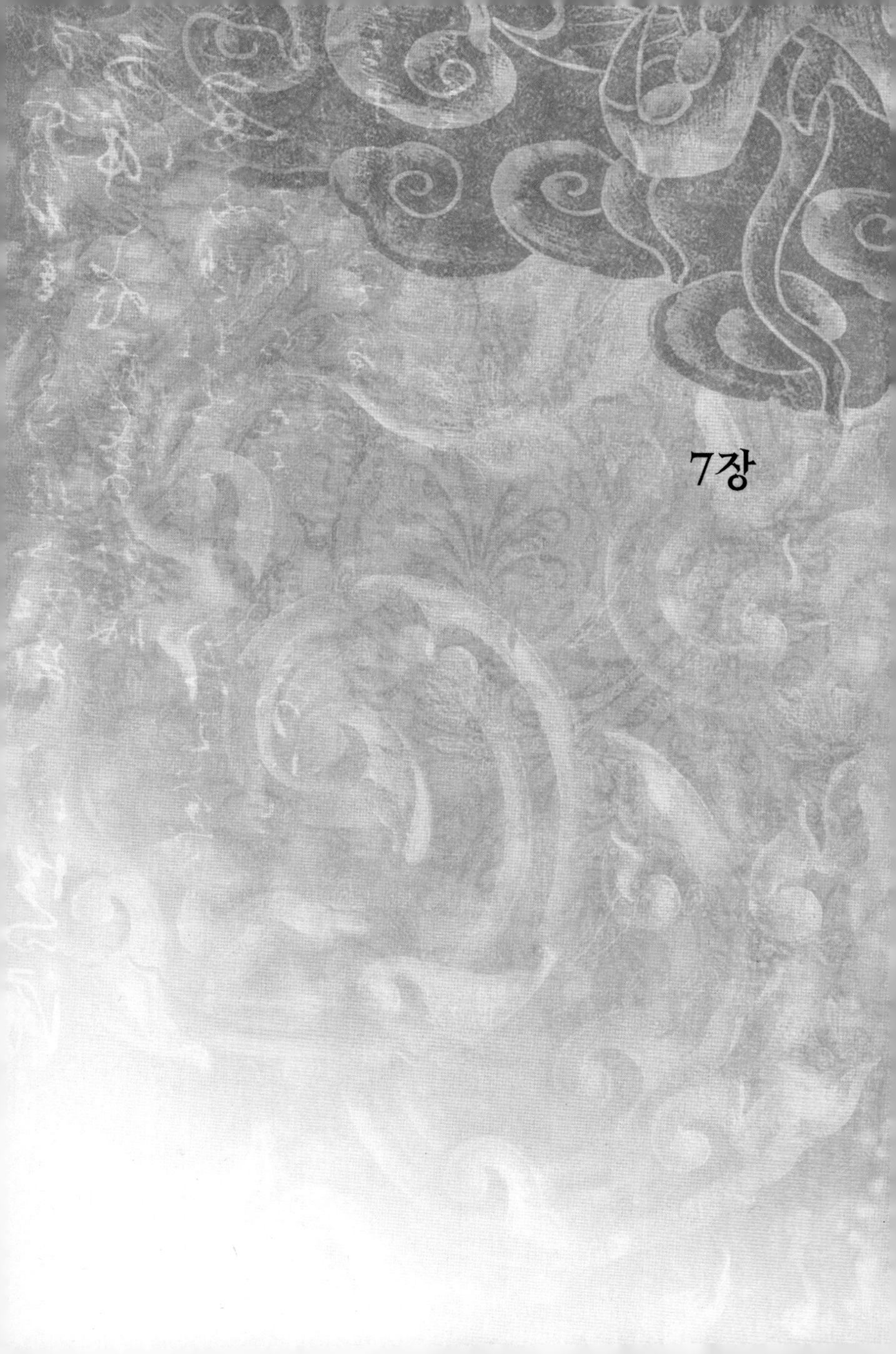

7장

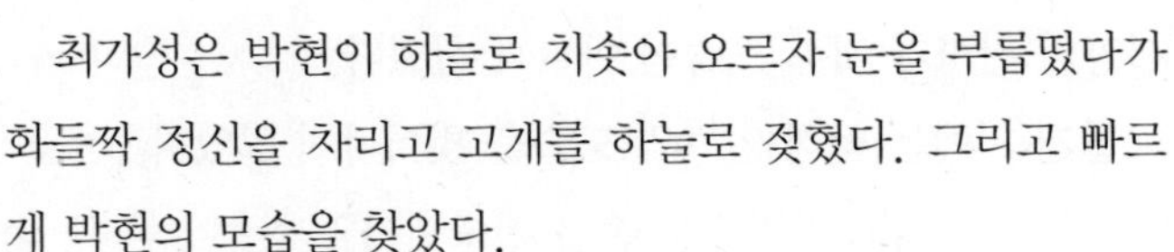

최가성은 박현이 하늘로 치솟아 오르자 눈을 부릅떴다가 화들짝 정신을 차리고 고개를 하늘로 젖혔다. 그리고 빠르게 박현의 모습을 찾았다.

박현은 태양 한가운데 마치 열 십(十)자 형상으로 떠 있었다.

날개가 한 번 펄럭이자 주먹만 박현의 모습이 급격히 커졌다. 그리고 그의 그림자가 최가성의 눈을 가득 채웠다.

서걱!

최가성은 화들짝 뒤로 한 걸음 물러나며 재빨리 방어에 들어갔지만 박현의 그림자는 순식간에 자신을 스쳐 지나갔다. 동시에 그의 어깨에서 피가 튀었다.

저릿한 고통에 최가성이 눈을 흘겨 어깨를 바라보니 마치 칼에 베인 듯 상처가 나 있었다.

최가성은 다시 고개를 올려 박현을 찾았다.

까마득한 하늘 저 높이 박현이 떠 있었다.

이번에는 태양의 반대편에 서 있기에 좀 더 그의 모습을 살필 수 있었다.

상의를 입지 않은 상체는 조각상처럼 매끈했다.

그런 그의 등에 거대한 날개가 활짝 펼쳐져 있었다.

웅장한 하얀 날개.

너무 높이 떠올라 있어 세밀하게 살필 수 없었지만, 문득 서양의 천사가 저런 모습이 아닐까 싶었다.

날개 외에는 딱히 인간의 모습을 벗어나지 않았다.

'날개, 그리고 날카로운 손톱 정도인가?'

최가성은 박현의 힘을 예측하며 눈살을 찌푸렸다.

극과 극.

땅의 도술을 부리는 그와 하늘을 지배한 박현.

'좋지 않군.'

허나 이 정도에 의지가 꺾일 최가성은 아니었다.

우드득.

최가성은 목을 풀며 다시 박현에게 집중했다.

발아래 최가성은 엄지손가락만 해 보였다.

그의 뒤에 선 기와집도 손바닥보다 조금 큰 정도였다.

박현이 안력을 돋우자 마치 카메라 렌즈의 줌 인처럼 주변이 확대되었다. 박현은 시야를 넓히면서 최가성을 살폈다.

최가성의 시력이 자신에게 온전하게 닿지 못하는 듯 그는 자신을 쳐다보며 눈가를 찌푸려졌다가 풀기를 반복하고 있었다.

박현은 손을 활짝 펼쳐보았다.

두툼한 팔뚝, 그리고 의지대로 자라나는 손톱.

독수리의 먹잇감을 놓치지 않는 다리의 힘과 날카로운 발톱이 자신의 손으로 옮겨 왔다.

무엇보다.

시력과 빠른 비행 속도.

최가성의 집중이 살짝 떨어진 그때, 박현은 빛살처럼 빠르게 아래로 수직낙하했다.

박현의 검은 그림자가 급격히 커졌다.

'온다!'

최가성은 신력을 뿜어내 피부를 갑옷처럼 딱딱하게 만들었다. 그리고 온몸의 힘을 끌어올렸다.

구르르르르—

그런 그의 마음에 동화가 된 것인지 주변의 땅도 끓어올랐다.

“컥!”

최가성은 박현이 온다라는 것을 인식한 순간 가슴에서 화끈거리는 통증을 느꼈다. 그리고 그를 향해 주먹을 날렸지만 이미 박현은 저 멀리 하늘로 날아오른 후였다.

후욱!

박현의 날갯짓 한 번에 흙먼지가 일었다.

“……!”

흙먼지가 눈에 들어간 듯 최가성은 눈이 뻑뻑해짐을 느꼈다. 그로인해 최가성의 시선이 박현을 놓친 그때였다.

휘이잉—

바람 몇 줄기가 최가성의 몸을 스치고 지나갔다.

시원한 바람이 눈을 개운하게 씻어 주었지만, 동시에 수많은 통증을 주기도 하였다.

서걱! 서거거걱!

뺨에 핏줄기 한 가닥, 어깨에 한 가닥, 옆구리에 한 가닥, 그리고 허벅지에 다시 핏줄기 한 가닥.

쑤아아악!

『하앗!』

최가성은 정면으로 날아오는 박현을 보며 주먹을 힘껏 휘둘렀다.

부웅!

그의 주먹은 애꿎은 허공만 터트렸다.

그리고 그의 주먹 앞에 박현이 우아한 날갯짓을 하며 떠 있었다.

『이만하면 힘의 차이를 느꼈을 텐데. 더 할까?』

박현의 물음에 최가성은 입술을 지그시 깨물더니 고개를 저었다.

"그만하지."

최가성은 금돼지 진체를 풀었다.

"짜증나는군."

최가성은 애먼 땅바닥을 발로 툭 차며 돌아섰다.

* * *

"아—, 개운하군."

박현은 뒤처리를 조완희에게 맡겨두고 금돼지 일족의 집성촌을 벗어났다.

"그런데 왜 따라 오냐?"

박현은 자연스럽게 동행하는 비형랑을 쳐다보았다.

“왜 이러셔? 훈남 동지께서.”

비형랑이 아부를 떨듯 박현의 팔을 팔꿈치로 툭 쳤다.

“아—, 아—.”

박현의 눈초리가 홱 올라가며 그가 고개를 뒤로 팩 돌렸다. 그리고 마치 그 표정을 복사하듯 비형랑의 시선도 뒤로 향했다.

“크험.”

서기원은 순간 움찔거렸다가 이내 먼 산을 쳐다보며 딴청을 피웠다.

“뭐라고 했더라?”

“쪼잔하다고 했었지.”

“그렇지. 그랬었지.”

박현은 천천히 소매를 접어 올렸다.

“한 팔 거들까?”

“그럼 안 거들 생각인가?”

“ㅎㅎㅎㅎ.”

비형랑은 음침한 웃음을 터트리며 서기원을 쳐다보았다.

“잡아!”

비형랑이 서기원을 손가락으로 가리키며 신력을 터트렸다.

『이히히히히!』

『키키키키!』

『끼히히히히!』

십여 구의 귀신들이 나타나 서기원의 팔과 다리, 몸통에 엉겨붙었다.

"떨어져야!"

서기원은 처음에는 잠시 당황하는가 싶더니 그 역시 신력을 터트리며 명령을 내렸다.

서기원의 신력도 낮지 않아 그 목소리에 귀신들의 혼이 흔들렸지만, 상대는 귀신들의 왕 비형랑이었다.

『혼백을 지워줄까!』

그의 목소리는 명령이자 응원이며 또 다른 힘이었다.

그 힘을 받은 귀신들은 더욱 억세게 서기원에게 엉겨붙었다.

"흐흐흐흐."

서기원이 옴짝달싹하지 못하자 박현은 음산한 웃음을 지으며 그의 앞으로 걸어갔다.

"이날을 위해서 준비한 것이 있지."

박현은 비릿한 미소를 지으며 아공간 주머니에 손을 넣었다.

"기원아, 밥 묵자."

"밥이야?"

서기원의 눈이 동그랗게 떠졌다.

"흐르릅!"

시장기가 도는지 서기원은 입맛을 다셨다.

"따끈따끈한 국밥."

"국밥이야?"

벌써부터 기분이 좋은 듯 서기원은 싱글벙글 어깨춤을 췄다.

"야들아."

박현이 국밥을 꺼내 귀신들을 불렀다.

『……?』

『으흐흐?』

귀신들은 비형랑의 눈치를 보며 박현을 쳐다보았다.

"꽉 잡아!"

그러고는 김이 모락모락 나는 국밥 한 그릇을 꺼냈다.

"킁킁."

잠시 코를 벌렁벌렁거리던 서기원이 눈을 부릅떴다.

"오! 구수한 시래기 된장……. 으메? 으메메?"

기쁜 감탄사를 터트리던 서기원이 코를 벌렁거리면서 얼굴을 묘하게 일그러트렸다.

"서, 선지여야?"

"어. 선지 해장국."

"선지는 싫은데……."

박현이 국밥 그릇을 좀 더 가져가자 서기원의 눈이 부릅떠졌다. 화등잔처럼 떠진 눈 속의 눈동자가 파르르 요동쳤다.

"이, 이건……."

"뭐긴. 선지 해장국이지."

"그게 아니잖아야! 이 서, 서, 서, 선지……. 꿀꺽. 뭐로 만들었어야?"

서기원은 긴장한 듯 마른침을 삼키며 최대한 선지 해장국에서 멀어지려고 몸을 뒤로 뺐다. 하지만 귀신들이 그의 몸을 꽉 잡고 있어 그의 바람은 이뤄지지 않았다.

"내가 특별히 말 피[1)]로 만들었지."

"마, 마, 마, 말……."

"그것도 하얀 백마의 것으로다가!"

박현은 서기원 앞에 바싹 다가서서 선지 해장국을 코앞으로 내밀었다.

"네가 그러고도 친구여야! 엉? 내가 말이여야! 엉! 너를 위해서! 어!"

"배신은 죽음뿐."

박현은 냉정하게 말을 하며 서기원의 입 가까이 해장국을 내밀었다.

해장국 국물이 서기원의 입술에 닿는 순간.

"너는 친구도 아니여야! 꺼억! 차, 착한 깨비…… 죽…… 죽어야. 꾀꼬닥!"

서기원은 고개를 팩 젖히며 정신을 잃었다.

『정신을 잃은 것 같은데.』

귀신 한 마리가 서기원의 몸을 흔들더니 박현에게 말했다.

"쇼하는 거다."

박현이 선지 해장국을 다시 서기원 앞으로 내밀었다. 그리고 더욱 냄새를 잘 맡을 수 있게 '호' 하고 입김을 불었다.

꿈틀.

서기원의 몸이 미세하지만 움찔거렸다.

"눈 떠라."

박현이 서늘하게 말을 내뱉자, 서기원이 실눈을 슬쩍 떴다.

"들켰어야? 헤헤헤."

"배신은?"

박현은 순박한 웃음에도 아랑곳하지 않고 선지 해장국을 다시 내밀었다.

서기원은 선지 해장국을 슬쩍 흘려보고는 두 손을 불끈 쥐며 들어올렸다.

"죽음이다!"

그 주먹은 의도치 않게 선지 해장국 그릇을 건드렸고, 당연히 국그릇은 바닥으로 떨어져 엎어졌다.

"으메! 어라리얏!"

서기원은 놀란 척 목소리를 높였지만 눈꼬리는 대놓고 웃고 있었다.

"괜찮아. 하나 더 있어."

박현이 아공간으로 손을 가져갔다.

"네가 좋아하는 거."

"니는 친구도 아니어야!"

"먹자!"

박현은 서기원이 도망가지 못하게 뒷목을 잡아당기며 아공간에서 손을 빼 그의 입으로 가져갔다.

"꽥!"

따뜻한 무언가가 입에 닿자 서기원은 진짜 정신을 잃고 말았다.

"진짜였는데."

그의 손에는 서기원이 좋아하는 따끈따끈한 메밀묵이 들려있었다.

박현은 기절한 채 쓰러져 바들바들 떨고 있는 서기원을 내려다보며 비릿한 미소를 지었다.

*　　　*　　　*

구미호가 봉황궁을 떠났다.

그 모습을 두 마리의 감서가 지켜보고 있었다.

한 마리는 구미호에 붙은 감서였고, 다른 한 마리는 쥐소리 귀신, 서 상선에게 붙은 감서였다.

둘은 서로의 인기척을 느끼며 시선을 마주했다.

"찌직—."

"찍찍!"

둘의 눈이 마주쳤지만 서로 못 본 것처럼 자리를 떴다.

그게 그들이 살아가는 방법이었다.

그리고 그런 그들을 지켜보는 이가 있었으니.

용생구자의 막내, 초도였다.

*　　　*　　　*

박현은 천외천의 기운을 마주하며 눈살을 찌푸렸다.

그의 앞에 구미호 고 장로가 팔미호를 대동한 채 서 있었다.

"멍청한 년."

박현은 겁 없이 고 장로를 향해 독설을 날렸다.

"뭐라?"

구미호는 눈에 쌍심지를 켜며 노기를 터트렸다.

"죽고 싶은 게로구나!"

고 장로는 박현과 거리를 단숨에 좁히며 그의 목을 움켜잡아 허공으로 들어올렸다.

고통에 숨이 턱 막혔지만 박현은 인상을 살짝 찌푸릴 뿐, 무시무시한 눈으로 그녀를 내려다보았다.

"다시 지껄여 봐."

"멍청한 년이라고……, 끄윽! 했다."

박현은 그녀의 손아귀 힘에 잠시 신음을 흘렸지만 목소리나 어투는 흔들리지 않았다.

"그리고 손 놔."

목줄이 잡혔지만 박현은 그녀에게 명령을 내리듯 말했다.

"죽여버리……."

"에헤! 그러면 안 되지. 안 그런가, 고 장로."

금돼지 일족의 종손, 쌍도끼 최길성의 삐딱한 목소리에 고 장로는 눈가를 찌푸리며 고개를 돌렸다.

"손 놓는 게 좋을걸."

최길성은 양손을 펼쳤다.

여차하면 두 자루의 손도끼를 뽑겠다는 뜻.

"쳇!"

고 장로는 박현과 그를 짧게 번갈아보며 손에 힘을 풀었다.

"크."

박현은 목을 쓰다듬으며 고 장로를 쳐다보았다.

"진짜 죽고 싶나?"

박현은 팔미호를 슬쩍 쳐다본 후 고 장로를 바라보며 말했다.

"여우 일족이 멍청한 건가? 아님 그대가 멍청한 건가?"

"뭐?"

고 장로가 다시 분노를 터트리려고 했지만.

"에헤! 좋게 좋게 말로 하자고."

최길성.

"최 종손께서는 뭔데 자꾸 끼어드는 거죠?"

고 장로는 짜증이 난 목소리로 그를 쏘아붙였다.

"우리 대장의 일에 당연히 쫄따구인 내가 가만 있으면 쓰나?"

"뭐?"

고 장로는 놀란 듯 눈을 동그랗게 떴다.

"됐습니다, 형님."

박현은 고 장로의 시선을 다시 가져왔다.

"잘 들어. 봉황의 눈이 당신한테 닿아 있을 거고, 그 눈은 본인한테로 이어졌다."

"……뭐라고?"

고 장로의 목소리가 커졌다.

"바로 가라! 이곳에 들르지 않았던 것처럼. 그렇다고 멍청하게 바로 봉황궁으로 가지 말고."

그녀의 표정이 급격히 굳어졌다.

순간 그 말이 무엇을 뜻하는지 알아차렸기 때문이었다.

"일단 오늘은 돌아가지."

고 장로는 인사도 없이 팔미호를 데리고 그 자리를 벗어났다.

"형님."

"응, 주군."

"꼬리가 붙었습니다."

박현은 결계를 통해 느껴지는 기척에 눈빛을 번뜩였다.

"이야, 결계가 좋아. 조 동생이 한 부적 하나 봐."

그도 느낀 것인지 씨익 웃음을 드러냈다.

"그런데 죽여?"

"……?"

"꼬리를 잘라버리면 고 장로가 꽤나 고생할 텐데."

"그럼 우리에게 올 시선이 줄어들죠."

박현이 차가운 웃음을 드러냈다.

*　　*　　*

박현은 날개를 활짝 펼친 채 하늘에 떠서 은밀하게 구미호를 쫓고 있는 한 마리의 새를 내려다보았다. 아니 정확하게는 닷발괴물[2)]이라는 이름을 가진 요괴였다.

닷발괴물은 유유하게 고 장로와 팔미호의 뒤를 쫓고 있었다.

'봉황은 봉황인가?'

홀로 아니 둘이 고고하게 독존(獨存)으로 살아갈 줄 알았는데, 나름 부리는 이들이 있는 모양이었다.

새들의 제왕.

봉황의 또 다른 이름이었다.

그렇다면 봉황에게는 봉황회가 모르는 그들의 군대가 있을지도 모른다는 생각이 들었다.

"어쨌든."

박현 저 멀리 멀어지는 고미호와 팔미호를 보며 입꼬리를 슬쩍 말아올렸다.

"미안한데, 잠시 이목을 끌어줘야겠어."

박현은 날갯짓으로 좀 더 떠오른 후 먹잇감을 노리는 한 마리 독수리처럼 닷발괴물을 향해 날아갔다.

*　　*　　*

쾅!

봉의 주먹에 경상이 산산이 부서지며 파편들이 사방으로 튀어 나갔다.

"고 장로의 뒤를 따르던 닷발이 죽어?"

그 앞에 서 있는 사내는 묵묵히 고개를 한 번 숙이는 것으로 대답을 대신했다.

고고한 선비처럼 생겼지만, 괴이했다.

창백한 피부에 검푸른 입술

푸른 정장에 붉은 넥타이.

괴이하며 죽은 사기가 넘실거리는 그는 괴조(怪鳥) 필방(畢方)[3]이었다.

"더는? 더 알아낸 것은 없고?"

황.

그녀의 다그침에도 그는 입을 열지 않았다.

알아낸 것이 없다는 뜻.

황은 아무 말 없이 고고하게 눈을 감고 있는 그를 향해 발끈하려 했지만, 봉이 그녀를 말렸다.

"군대장."

봉이 나직한 목소리로 그를 불렀다.

그 목소리에 필방은 감고 있던 눈을 떴다.

필방의 눈에서 시커먼 흉조가 번뜩였다.

그 흉흉함이 마음에 들지 않았는지 황의 눈가가 찌푸려졌다. 필방은 그녀의 눈빛을 알았지만 그 어떤 감정도 드러내지 않았다. 마치 생명이 없는 시신처럼.

“좀 더 면밀히 살피겠습니다.”

“부탁하지.”

봉의 말에 필방은 허리를 숙인 후 그 자리에서 사라졌다.

그가 사라지고.

“언제 봐도 기분이 안 좋아요.”

황이 투덜대자 봉은 그녀의 손을 포근히 잡았다.

“하지만 무엇보다 짐에게 힘이 되지.”

황을 향한 눈빛은 따뜻했다.

* * *

“저 왔습니다.”

박현은 바 스워드에 들어서며 이문에게 인사를 건네는 동시에 한곳으로 시선을 옮겼다. 그리고 그 시선이 닿은 곳은 바로 바 스워드 내부의 벽이었다.

벽을 바라보는 박현의 눈동자에 신력이 감돌았다.

스으윽—

벽 자체가 불룩해지더니 이내 사람 형상이 되어 바닥으로 내려섰다. 벽지 색도 서서히 바래지며 제 색을 찾았다.

부처님처럼 귀가 길게 늘어지고, 그에 못지않게 뺨 살도 도톰하게 오른 두꺼비 상의 사내가 박현을 쳐다보며 싱긋 웃음을 지어 보였다.

용생구자의 막내이자, 아니 막내였던.

'초도.'

"형님 되십니까?"

박현이 물었다.

"동생 되시는가?"

초도도 박현과 같은 물음을 전해왔다.

"하긴 막내는 막내를 처음……. 이런."

이문이 바 테이블에서 습관적으로 입을 열다 말이 꼬였다. 그렇다 하여도 박현과 초도는 그 말을 이해하기에 충분했다.

"좀처럼 시간을 내지 못하더니 용케 시간을 낸 모양이다."

"아무리 바빠도 마……막내 얼굴은 봐야죠."

수천 년 동안 막내로 불리던 초도였다.

그런 그가 자신이 아닌 다른 이에게 막내라는 호칭을 부르는 사실은 꽤 어색한 모양이었다.

"한 잔?"

"예."

초도는 바 테이블로 행했고, 박현 역시 이문 앞으로 가 자리를 잡고 앉았다.

"너도?"

"예."

이문이 진지한 얼굴로 술을 고르기 시작했다.

"큰형님은요?"

"급한 일이 생겨 조금 늦는단다. 곧 오겠지."

이문은 구석에서 술병 하나를 골라 잡았다.

"오늘은 이놈으로."

먼지가 살짝 내려앉은 위스키를 따 각자의 잔을 채웠다.

"어때? 막내 보니까."

"이미 간접적이나마 들은 것이 있으니 뭐."

초도는 술잔을 들었다.

탁—

셋의 잔이 부딪혔다.

초도는 단숨에 잔을 비웠다.

"봉황이 필방을 불렀습니다."

"필방을?"

이문이 낯을 찌푸렸다.

"필방이면…… 숙청인가?"

이문의 물음에 초도가 고개를 끄덕였다.

"적지 않은 피가 흐르겠군."

"구미호와 강철이입니까?"

"판세 보는 눈이 좋은데."

초도는 박현을 바라보며 눈매를 부드럽게 휘었다.

"일단은. 그 후에 삼두일족응도 쳐낼 것 같고, 겸사겸사 불가사리도 쳐내겠지."

박현은 초도의 말을 유심히 머릿속에 새겼다.

봉황은 그들을 쳐낼 생각을 하고 있었던 것 같았다. 그러니 구미호와 강철이가 낌새를 알아차리고 반기를 들려는 모양이었다.

"그거야 그놈들 사정이고."

이문의 말에 초도가 웃음기를 살짝 지었다.

"그건 그렇고 어쩐 일이야? 막내를 위해서 봉황회에서 눈을 떼지 않던 네가 이렇게 다 오고."

"실질적으로 봉황이 노리려는 이가 있습니다. 이제 뭔지 짐작이 갑니다."

"봉황이 노리는 이?"

이문의 눈매가 가늘어졌다.

"해태, 용왕."

이문의 눈매가 더욱 가늘어졌다.

"확률은?"

"해태는 열에 열. 용왕은 십중팔구."

"용왕보다는 해태겠군. 어쩌면 둘 다인가?"

"그 전에 뒤를 든든히 만들어놓겠다는 의미겠지요."

"더불어 왕좌도 더 견고하게 만들겠다는 뜻이기도 하고. 해태라, 봉황이 되겠……."

이문은 고개를 갸웃거리다가 문득 해태의 몸 상태가 떠올랐다.

순리에 따라 등선을 하지 않고 이 땅을 지킨 신수.

역행이 그의 몸을 갉아먹은 것이었다.

그래서 찾아온 노화.

깨어진 그릇.

해태는 죽어가고 있었다.

그리고 봉황도 그 사실을 눈치챘음이 분명했다. 아니고서야 해태를 향해 이빨을 드러낼 생각은 하지 않았을 터.

'아직은, 아직은 아닌데.'

이렇게 알아서는 안 된다.

최소한 해태의 입을 통해 들어야 했다.

이문의 시선이 박현에게로 옮겨갔다.

박현의 얼굴은 잔뜩 굳어져 있었다.

"그 말 진짜입니까?"

싸늘한 박현의 목소리가 들려왔다.

"너의 의조부라지?"

초도가 물었다.

"예."

"그래서 왔다."

"……."

"그리고 해태는……."

《말하지 마라.》

"아니다."

이문의 전음에, 박현을 걱정하는 마음이 가득 담겨 있음을 느낀 초도는 입을 닫았다.

찰나지만 박현은 초도의 머뭇거림에 뭔가가 더 있다는 것을 알아차렸다.

"초도 형……."

박현이 딱딱해진 목소리로 그를 부를 때였다.

"막내야!"

스워드 바가 문이 벌컥 열리며 안으로 애자가 튀어 들어왔다.

"막내야! 우리 막내!"

애자는 악을 쓰듯 외치며 바 테이블로 뛰어왔다.

"쯧."

박현은 낮을 찌푸리며 몸을 돌려 애자를 상대하려 했다. 허나 애자는 박현을 지나쳐 지나갔다.

그녀의 목표는 박현이 아닌 초도.

"헛!"

초도는 기겁성과 함께 재빨리 바 테이블로 스며들며 모습을 감췄다.

쾅!

"이 시키가! 누가 너를 업어 키웠는데."

애자는 간발의 차이로 초도를 놓치자 분한지 바 테이블을 손바닥으로 내려찍었다.

스윽―

반대편 벽에서 초도가 얼굴을 불쑥 내밀었다.

"누나. 막내는 저쪽에 있다."

"야!"

"막내야, 나중에 다시 보자."

애자가 소리를 질렀지만 초도는 그녀를 무시하며 박현을 향해 손을 흔들어 인사한 후 다시 벽으로 사라졌다.

*　　*　　*

그 시각.

초가에 해태가 허름한 보료에 누워 있었다.

"끄으."

해태는 신음을 흘리며 눈을 떴다.

흐릿한 시야가 또렷하게 돌아왔다.

해태는 이마에 올려진 물수건을 치우며 자리에서 일어나 앉았다.

"정신이 드옵니까?"

신비선녀가 재빨리 물수건을 받아들며 해태를 부축하려 했다.

"됐다. 아직 그 정도는 아니다."

해태의 처음 목소리는 쉿소리처럼 갈라져 있었지만 이내 제 목소리를 찾아갔다.

"여기."

신비선녀는 시원한 물이 담긴 사발을 건넸다.

"며칠이나 누워 있었느냐?"

시원하게 물을 마신 해태는 빈 사발을 건네며 물었다.

"꼬박 이틀이옵니다."

"이틀이라."

해태는 잠시 말문을 닫더니 이내 고개를 끄덕였다.

"끄응."

해태는 앓는 소리를 삼키며 자리에서 일어났다.

“아직 몸도 성치 않으신데.”

“인간과 달라 괜찮다.”

해태는 언제 이틀 동안 앓아누웠냐는 듯 굳건한 기세를 드러내며 방을 나섰다.

“차 한 잔 내오너라.”

툇마루에 앉은 해태의 말에 신비선녀는 그가 즐겨 마시는 이름 모를 잡화 차를 우려내왔다.

해태는 차를 한 모금 마신 후 길게 뻗은 산등선을 쳐다보았다.

“그 사이 별일은 없었느냐?”

“보위부에서 사람이 왔다 갔습니다.”

“찾은 게냐?”

해태의 눈빛이 반짝였다.

신비선녀는 고개를 저었다.

“유럽으로 넘어간 것은 확실하답니다.”

“유럽이라.”

그렇다면 안순자의 흔적을 더 이상 쫓을 수 없다는 뜻. 해태는 씁쓸함을 차와 함께 삼켰다.

“유럽 어디라고 하더냐?”

혹시 모를 훗날을 위해서라도 그녀의 흔적은 알아둬야 할 터.

"헝가리[4]라고 합니다."

"헝가리?"

"예."

"……!"

해태의 눈이 부릅떠졌다.

"헝가리라고 했느냐?"

"그렇습니다. 왜…… 그러시는……, 아!"

헝가리.

유럽의 일개 국가이나, 그 뿌리는 동아시아.

유일하게 유럽에서 드래곤의 지배 속에서도 자신들만의 영역을 인정받고 있는 국가이기도 했다.

헝가리의 국조는 까마귀.

그 까마귀들의 나라의 주인은 바로 트룰(Turul)[5]이었다.

"투룰, 그가 있었군."

"투룰?"

"있다. 잊혀진 고대의 신, 까마귀의 왕."

해태는 고개를 돌려 서쪽을 쳐다보았다.

"너는 도대체 무엇을 꾸미고 있는 것이더냐."

*용어

1) 말 피: 도깨비와 백말피. 경상남도 창원시에서 내려오는 구전에 따르면, 한 마을의 처녀가 도깨비와 친해져 많은 돈을 받고 부자가 된 후, 더 이상 도깨비가 필요 없어져서 도깨비에게 무엇을 가장 싫어하고 무서워하는지 물었다. 그에 도깨비는 아무 의심 없이 백말의 피를 무서워한다 했고, 처녀는 백말의 피를 집 문에 뿌려 도깨비를 내쫓았다고 한다. 후에 도깨비에게서 받은 돈을 다시 빼앗기지 않기 위해 많은 땅을 사들였고, 그 후 도깨비는 땅을 가져가기 위해 안간힘을 썼지만 허사였다. 그 후 도깨비는 땅을 갖고 가지 못하고, 처녀 집에도 들어가지 못해, 그 처녀는 부자로 잘 살게 되었다고 한다.

2) 닷발괴물: 꼬리도 닷발(750cm), 주둥이도 닷발이라고 해서 닷발괴물이란 이름이 붙여진 새의 형상의 요괴. 부모를 죽인 닷발괴물을 아들이 죽여 원수를 갚는다는 설화에 등장하는데 이 닷발괴물은 죽어 모기가 되었다 전해진다.

3) 필방(畢方): 전설상의 괴이한 새로, 학과 비슷하게 생겼으나 푸른 바탕에 붉은 무늬의 깃털을 가지고

있으며 부리가 희다. 이 새가 나타나면 재앙이 발생한다 하였다.

4) 헝가리: 헝가리의 기원은 아시아다. 유럽 중앙에 위치하면서도 유럽과 다른 매우 독특한 그들만의 문화를 유지하고 있다. 그 문화는 여전히 아시아적이다. 서구와 달리 헝가리는 성 +이름 순으로 사용하며, 일월년이 아닌 연월일, 주소표기법 등이 대표적인 예라 할 수 있다.

5) 트룰(Turul): 헝가리 건국의 아버지이자 시조 '왕가 아르파드家의 선조인 알모시'를 낳았다는 전설의 새. 재미난 사실은 현재 헝가리 부다 왕궁에 칼을 쥔 투룰 동상이 있는데, 이 칼끝은 아시아를 향하고 있다고 한다.

8장

"설린, 그 아이가 안 보이는구나."

해태는 찻잔을 비울 때쯤 문득 한설린이 보이지 않는다는 것을 알아차렸다.

"근방 동굴에서 기도 정진을 행하고 있습니다."

"……."

"신경 쓰이십니까?"

"네가 쓰이는 게 아니고?"

해태의 반문에 신비선녀의 얼굴에 쓴웃음이 살짝 지어졌다 사라졌다.

"업대로 살아가는 법이야. 괜히 빈자리가 커 보인다고

욕심으로 채우지 말어."

신비선녀는 입을 열지 않았다.

"채우면 채울수록……."

해태는 말을 하다 말고 신비선녀의 얼굴을 빤히 쳐다보았다.

"하긴 네가 더 잘 알 터. 괜한 말을 꺼냈구나."

해태는 다시 먼 산등성이를 쳐다보았다.

"신비야."

"예, 어르신."

"솟대를 세우거라."

"네?"

신비선녀가 눈을 화등잔처럼 눈을 부릅떴다.

"……솟대 말씀이시옵니까?"

"그래. 세우거라."

해태의 말이 달라지지 않자 신비선녀의 눈이 파르르 떨렸다.

"어르신."

"그리 볼 것 없다. 당장 안 죽는다."

"하오면."

"슬슬 인사를 시켜줘야지."

해태는 산등성이로 넘어가는 노을을 바라보았다.

잠시 후.

해태의 집 마당에는 특이한 솟대가 솟아났다.

사방(四方)을 알리는 청, 적, 백, 흑의 천이 바람에 휘날렸다.

『사방장군들에게 알려라. 솟대가 섰다고.』

솟대가 서자, 어둠의 목소리가 은밀히 사방으로 퍼졌다.

『명!』

『명!』

주변의 검은 그림자가 사방으로 흩어졌다.

*　　*　　*

박현은 바 테이블을 훌쩍 뛰어넘어 이문 앞에 섰다.

“말씀해 주시죠. 할아버지께 무슨 일이 생긴 겁니까?”

뿐만 아니라 바투 다가서서 이문의 멱살을 잡으며 으르렁 목소리를 키웠다.

“많이 컸다. 우리 막내.”

이문이 자신을 압박하는 박현을 향해 히죽 이를 드러냈다.

“무슨 일인데 형제끼리 다툼이야?”

그 사이 비희가 안으로 들어왔다.

“오셨수?”

이문은 박현에게 멱살이 잡힌 상황에서도 평소처럼 손을 들어 인사했다.

"뭔데 분위기가 이래?"

비희는 애자를 보며 물었다.

애자는 자신도 모르겠다는 듯 어깨를 슬쩍 들어 올렸다.

"제법이다만 아직 멀었다."

이문은 부드럽게 박현을 밀어내는 것으로도 모자라 몸을 돌려세우며 그의 등을 손바닥으로 팡 쳤다.

"뭔 일인데 그래?"

"쩝."

이문은 곤란한 듯 입맛을 다시며 술잔에 술을 채워 한 모금 목을 축였다.

"봉황이 해태를 칠 거랍니다."

그 말에 비희의 시선이 박현에게로 향했다.

'봉황이 해태의 상태를 눈치챈 것이냐?'

'아마도?'

비희와 이문 사이에 눈빛이 오갔다.

'막내는 해태의 상태는 모르고, 뭐가 있다는 정도만 눈치챘수. 막내가 눈치 하나는 최고 아니오.'

비희는 박현을 쳐다보았다.

'그래서 이 사달이 난 거요.'

말을 해줘야 하나, 말아야 하나.

그 역시 이문과 같은 고민에 빠졌다.

"큰형님."

박현은 둘의 눈빛에 자신이 모르는 무언가가 있다는 것을 확신했다. 그리고 그건 자신과 관련된 것이었고, 뭔가 불안함을 주고 있었다.

'어차피 알게 될 일.'

이문은 생각을 정리하며 입을 열었다.

"바쁜 일 없지?"

비희는 생각이 선 듯 박현에게 물었다.

"예."

"바쁘지 않다면 나와 어디 좀 가자."

"나도! 나도!"

애자가 끼어들었다.

"너는 여기 있어."

"왜!"

애자가 토라진 목소리로 말했다.

"있으라면 있어."

비희의 한없이 진중한 표정에 애자는 토라진 듯 입술을 삐죽 내밀며 구시렁거렸지만 딱히 토를 달지는 않았다. 아무리 철없이 날뛰는 애자라지만 눈치가 없는 건 아니었다.

"가자. 다녀오마."

"잘 다녀오슈."

이문이 마시던 술잔을 들어 인사를 대신했다.

"어디 가는데? 응? 어디 가는데?"

둘이 바를 나가자 애자는 호기심을 참지 못하고 이문에게 쪼르르 달려가 물었다.

콩!

이문은 애자의 이마에 손가락을 튕겨 꿀밤을 때렸다.

"아얏!"

"왜 때려!"

"분위기 좀 보고 까불어라."

"칫!"

비희만큼이나 진중한 이문의 모습에 애자는 자신이 모르는 뭔가가 있음을 깨달았다.

"뭔데?"

"막내 돌아오면 잘 돌봐줘."

이문은 씁쓸한 얼굴로 술잔을 들었다.

*　　*　　*

스윽—

해태의 집 앞마당에 안개가 자욱하게 펼쳐졌다.

"산달(山獺)[1]이냐?"

해태가 방문을 열고 밖으로 나왔다.

"오랜만에 뵙습돠, 어르신."

안개가 걷히며 한 인물이 모습을 드러냈다.

삿갓을 얼굴 깊게 눌러써 얼굴이 보이지 않는 이는 짙은 색의 두루마기에 나무 지팡이를 짚고 있었다. 그는 해태를 향해 허리를 숙여 인사했다.

"그간 잘 지냈느냐?"

"잘 지냈을 리가 있겠습꽈? 망할 놈들 때문에 뭐 빠지게 뛰어다녔습돠."

장난기 가득한 목소리에 해태는 피식 웃으며 평상으로 향했다.

"올라오너라. 그리고 신비는 슬슬 차를 내오고."

"저 여인은……."

삿갓을 쓴 이의 시선이 신비선녀에게로 머물렀다.

"저 아이가 어릴 적 본 적이 있을 게다."

"남천의……."

"그래."

"저 아이가 여기에 왜……."

"그럴 이유가 있느니라."

해태는 삿갓의 사내를 보며 농을 섞어 타박했다.

"삿갓 좀 벗어라. 오랜만에 얼굴 좀 보자."

"하하하. 하긴 제가 좀 귀염귀염함돠."

삿갓을 쓴 이는 여전히 자신이 삿갓을 쓰고 있다는 사실을 깨닫고는 얼른 삿갓을 등 뒤로 넘겼다.

삿갓 안에서 드러난 얼굴은 사람이 아니었다.

황갈색 털에 하얗고 검은 테비가 있으며, 앙증맞게 작고 둥근 귀를 가진 너구리였다.

그는 동쪽을 지키는 청(靑)장군 둔갑 너구리[2]였다.

"너는 나이를 먹어도 늙지를 않는구나. 허허허허."

해태의 웃음에 둔갑 너구리는 털이 복슬복슬하고 앙증맞은 손으로 머리를 긁적였다.

휘이이잉—

바람이 불며 세 명의 사내가 마당 안으로 들어왔다.

"해태 님을 뵈옵니다."

"해태 님을 뵈옵니다."

"해태 님을 뵈옵니다."

세 사내는 세쌍둥이인 듯 얼굴이 매우 닮아 있었다.

셋이자 하나인 세쌍둥이는 남쪽을 지키는 적(赤)장군 삼태성(三台星)[3]이었다.

"오랜만임돠, 형님들."

둔갑 너구리 산달은 자리에서 일어나 그들을 향해 허리 숙여 인사했다.

"요즘은 사고 안 치느냐?"

삼태성의 첫째 상태성.

"언제 적 이야기를 하심까?"

"네가 그때 사고를 하나둘 쳤어야 말이지."

"아이고, 중태성 형님."

둔갑 너구리는 삼태성 둘째 중태성에게 넉살을 떨었다.

셋이 막 자리를 잡으려는 그때, 두 사내가 안으로 들어왔다.

야인처럼 머리를 풀어헤친 사납게 생긴 털북숭이 사내는 북의 흑(黑)장군 백두산 야차[4]였고, 훤하고 반듯하게 생긴 이는 서의 백장군 백두산 백장군[5]이었다.

"오셨소."

"오셨슴까?"

삼태성과 둔갑 너구리 산달이 인사를 건넸다.

"오랜만이외다."

"격조했습니다."

백두산 야차와 백두산 백장군은 그들과 인사를 나눴다.

평상에 다들 편하게 자리를 잡고 앉아 신비선녀가 가져온 차를 마셨다.

"어인 일로 저희를 모두 부르셨는지요."

백두산 백장군.

"별초장도 오시게."

해태가 조용히 말했다.

"……."

"……!"

그 말에 자리를 잡은 사방장군의 눈동자가 커졌고, 동시에 주변의 풍경이 흔들렸다.

"괜찮으니 나오시게."

"……해태 님."

둔갑 너구리 산달이 해태를 불렀다.

"어서."

해태가 다시 재촉하자 주위 그림자가 흔들렸다.

"예, 주군."

평상 그늘에서 그림자 하나가 쑤욱 올라왔다.

그슨대[6].

그슨대들을 이끄는 암별초 수장이자, 고려 패망 후 봉황에 반기를 세우며 이름을 버린, 그저 암별초 낭장이라 불리는 이였다.

"그러고 보니 여기 모인 이들 모두 봉황에 버림받은 이들이로구만. 껄껄껄."

해태는 모인 이들의 면면을 보며 웃음을 터트렸다.

실은 봉황에게 버림을 받은 게 아니라 굽히지 않은 이들이었다.

해태의 농에 오히려 다들 표정이 굳어졌다.

"무슨 농을 그리 무겁게 받아들이나."

"무슨 일이신지요?"

백두산 백장군이 물었다.

"이 자리를 슬슬 내 손주에게 넘겨줄까 하네."

해태.

북의 권좌이며, 북의 오방 중 중심이자 장(長)인 황의 자리의 주인.

그 자리의 후계가 해태의 입에서 거론되었다.

"손주라 했습꽈?"

"내 친손자는 아닐세."

해태는 동그랗고 초롱초롱한 눈으로 질문하는 둔갑 너구리 산달을 보며 담담한 미소를 더해 대답했다.

"갑자기 물려준다니요!"

백두산 야차가 걸걸한 목소리로 화를 내듯 말했다.

"어르신."

삼태성 중 둘째 중태성이 굳은 얼굴로 해태를 불렀다. 그의 목소리는 좋지 않았다. 아무 말 말라는 뜻으로 해태는 조용히 고개를 저었다.

"무슨 일 있는 겁니까? 무슨 일이요, 어?"

백두산 야차는 참지 못하고 삼태성 중태성의 어깨를 잡아 흔들며 물었다.

"무슨 일이기는. 나도 슬슬 쉴 때가 되었지. 이 늙은이도 좀 쉬세. 응?"

해태는 백두산 야차의 손을 부드럽게 잡았다.

"기력이 옛날만 못해. 안 그런가?"

해태의 말에 중태성은 애써 굳은 표정을 풀었다.

"예."

"당장이 아닐세. 그저 미리미리 준비하려는 것이야. 알겠는가?"

해태는 백두산 야차의 손등을 두어 번 토닥였다.

"……알겠습니다."

뭔가 이상했지만 백두산 야차는 일단 한발 물러났다.

휘이잉—

검은 바람이 암별초 낭장을 스쳐 지나갔다.

표정이 슬쩍 굳어진 암별초 낭장은 해태에게 뭔가 속삭였다.

"호랑이도 제 말 하면 온다더니. 내 손주가 온다는군."

"누굽니까? 손주라는 분은?"

둔갑 너구리 산달.

"보면 안단다. 그 아이의 형도 함께 온다 하니."

"형님?"

산달이 고개를 갸웃거렸다.

"다들 구면일 터."

해태가 빙그레 웃음을 지었다.

얼마 후, 사방장군의 표정이 급격히 굳어졌다.

다가오는 기운이 심상찮을 정도로 엄청났기 때문이었다.

*　　*　　*

"오랜만에 뵙겠습니다."

"잘 지냈슴꽈?"

"어서 오쇼."

사방장군들은 이문과 인사를 나누며 박현을 쳐다보았다.

딱히 말이 오가지 않았지만, 이문이 해태의 후계자일 리 없으니 남은 한 사람. 박현, 그가 후계자이리라.

"그래, 어인 일로 기별도 없이 찾아오셨소?"

해태는 이문에게 차를 내며 물었다.

"좋지 않은 일로 찾아왔습니다."

이문의 굳은 목소리에도 해태는 별다른 표정의 변화가

없었다.

"뭐가 그리 바쁘다고, 차나 일단 한잔합시다."

그 사이 신비선녀가 새 찻잔 2개를 가져왔기에 해태는 찻물을 다시 우려 두 찻잔을 채웠다.

그러자 이문은 애초에 아무 일 없었다는 듯 굳은 표정을 풀고 평온하게 해태의 잡화차를 즐겼다. 해태도 이문이 가져온 소식이 궁금하지 않은지 그저 차를 즐기는 모습이었다.

"왜, 오늘은 맛이 없느냐?"

해태는 홀로 안절부절못하는 박현을 쳐다보며 푸근한 미소를 보였다.

"……아닙니다."

박현은 고개를 저으며 찻잔을 들었다.

사방장군, 그리고 암별초 낭장의 시선이 박현에게로 쏟아지고 있었지만 박현의 온 신경은 해태에게 향하고 있어서 그러한 시선을 느끼지 못했다.

"혹시 봉황 때문에 온 것이오?"

이문은 찻잔을 내려놓으며 고개를 끄덕였다.

"아셨소?"

"안다기보다 지금쯤 그러지 않을까 싶었소."

용왕 문무와 용생구자도 눈치챈 자신의 몸 상태를 봉황

이 모를까.

“필방을 불러들였다 하더이다.”

“필방을? 허허, 허허허허.”

해태는 어처구니없는 웃음을 터트렸다.

“봉황이 많은 피를 원하는 모양입니다.”

“이 기회에 마음에 안 드는 이들을 모조리 솎아내려는 모양이오.”

“그리고…….”

해태의 말에 이문이 고개를 끄덕였다.

‘해태’를 지칭하는 단어는 없었지만 굳이 말을 꺼내지 않아도 알 수 있었기 때문이었다.

“용왕도 노리지 않을까 하오.”

“문무까지?”

해태는 눈을 잠시 동그랗게 떴다가 다시 착 가라앉혔다.

‘적어도 봉황만은.’

나이를 먹어서인지, 이제 날이 얼마 남지 않아서 그런지 부쩍 박현 걱정이 많아진 해태였다.

“대, 대체 무슨 말을 하는 겁니까?”

백두산 야차.

“어차피 자네도 예상한 바가 아니던가?”

해태는 백두산 야차를 보며 담담히 말했다.

"정녕 봉황이……, 끄드득!"

백두산 야차는 이를 바드득 갈았다.

"진짜임꽈? 봉황 이 새끼 안 되겠슴돠!"

둔갑 너구리도 입가가 씰룩거리자 수염이 파르르 흔들렸다. 이어 앙증맞은 손을 꽉 쥐자, 분명 화가 머리끝까지 난 것은 알겠는데 전혀 무섭지 않았다.

"산달아, 그리 화만 낼 것이 아니다."

삼태성의 첫째 상태성.

"그래, 큰형님 말씀이 옳다."

하태성이 씩씩 뜨거운 콧바람을 내몰아 쉬는 산달을 달랬다.

"혹시 이 상황을 예상하시고 저희를 부르신 건지요?"

백두산 백장군이 물었다.

"그건 아닐세. 예상은 하고 있었지만 이렇게 빠를지는 몰랐었네."

해태는 대답을 하다 말고, '아차!' 무릎을 쳤다.

"가장 중요한 것을 까먹고 있었구먼. 현아."

해태는 박현을 불렀다.

"예."

"인사하거라. 할애비를 도와 북녘 땅을 지키는 네 명의 장군들이시다. 그리고 사방장군."

해태는 자신을 둘러싼 여섯 명의 장군들을 불렀다.

"내 손주일세."

보아하니 사방장군이라는 이들은 모두 해태를 따르는 듯 보였다. 가만 생각해 보니 의외로 할아버지로 삼았으면서도 해태에 대해 아는 것이 없다 해도 과언이 아닐 정도로 그에 대해서 몰랐다.

"박현이라고 합니다."

박현은 호의적이면서도 이상하게 편치 않은 그들의 눈빛을 마주하며 인사했다.

"그리고 나를 도와주는 암별초 낭장이다."

어둠 속에 묻혀 있는 것처럼 얼굴을 좀처럼 확인할 수 없는 이가 묵묵히 고개를 숙였다.

"박현이라 합니다."

박현은 그들과 인사를 나눈 후 해태를 쳐다보았다.

단순히 인연이 닿아 인사를 나눈 게 아닌 것 같다는 생각이 강하게 들어서였다.

"네가 해태 님의 후계자냐?"

백두산 야차가 마치 시비를 걸듯 물었다.

"……?"

박현은 선뜻 그 말을 이해하지 못하고 고개를 갸웃거리며 해태를 쳐다보았다.

"뭘 그래 언성을 높임꽈? 보아하니 아무것도 모르고 온 것 같아 보임돠."

둔갑 너구리 산달이 백두산 야차를 말렸다.

"자네에게는 북한이라는 용어가 더 익숙하겠지?"

백두산 백장군이 부드럽게 입을 열었다.

"예."

"자네가 생각하는 이 북한에도 봉황회처럼 거창하지는 않지만 나름 조직이 있지."

사실 조직이라고 할 것도 없었다.

북한 중앙을 해태가 지키고, 봉황과는 천성적으로 어울리지 못하며 해태와 친분이 있던 이들이 각자 사방을 맡아 이 땅의 혼란스러움을 막아내고 있었다.

그리고 암별초가 그들 사이를 이어주는 동시에 그들의 눈이 닿지 않는 곳의 손과 발이 되어주는 것뿐이었다.

백두산 백장군은 이해하기 쉽게 차분히 설명해 주었다.

생각해 보면 해태가 천외천이지만 홀로 북한 전역을 감당하는 건 말도 안 되는 일이었다.

'하아—.'

왜 그런 것을 떠올리지 못했는지 절로 한숨이 흘러나왔다.

"사실 서로가 독립적인 존재지만, 또 해태 님을 중심으로 뭉쳐 있기도 하네."

"……."

"즉, 해태 님은 우리를 이끌어주시는 지도자시지."

박현은 백두산 백장군을 쳐다보다 여전히 이글거리는 눈으로 자신을 쳐다보는 백두산 야차를 흘깃 일견했다.

백두산 백장군은 말을 하다 말고 잠시 해태와 눈을 마주했다. 그 눈빛의 의미를 안 해태는 조용히 고개를 끄덕여주었다.

"해태 님이 자네에게 그 자리를 넘겨주시려 이 자리를 마련했네."

"……!"

박현은 놀라 눈을 동그랗게 뜨며 해태를 쳐다보았다.

그리고 왜 사방장군이 자신을 향해 묘한 눈빛을 쏘아 보냈는지 이해가 되었다.

"흠."

이문도 적잖게 놀란 듯 미약한 신음을 삼켰다.

그 역시 어렴풋이 예상은 하고 있었지만 이렇게 급작스럽게 진행될지 몰랐기 때문이었다.

이문은 혹시나 몰라 해태의 몸 상태를 살폈다.

과거에 비하면 확연히 약해진 신력이었지만 당장 문제가 될 정도는 아니었다. 한편으로 신중한 성격이니 훗날을 생각해 무리 되는 일 없이 차근차근 준비하는 것이리라 생각이 들자 어느 정도 납득이 되었다.

"이런."

문제는 자신이 찾아온 이유였다.

공교로워도 너무 공교로웠다.

해태의 죽음, 그리고 후계.

이문은 한숨을 내쉬며 해태를 쳐다보았다.

"무슨 일 있으시오?"

그 물음에 이문은 박현을 힐끗 쳐다보며 고개를 끄덕였다.

"음."

해태는 박현을 애잔하게 쳐다본 후 사방장군을 쳐다보았다.

"괜찮으시겠소?"

이문이 걱정스런 목소리로 물었다.

"언젠가는 알게 될 일이오."

해태는 찻잔을 들어 식은 차를 비웠다.

"현아. 그리고 사방장군들."

해태는 착 가라앉은 목소리로 그들을 불렀다.

"무슨 일입……."

백두산 야차가 걸걸한 목소리로 묻는데 둔갑 너구리 산달이 그냥 조용히 있으라고 그런 그의 옆구리를 툭 쳤다.

"해태 님."

삼태성의 중태성만이 걱정 어린 목소리로 그를 불렀다.

"그대들도 알겠지만 본신은 하늘의 뜻을 거슬렀다네."

우화등선.

그 말에 사방장군들의 표정이 안 좋아졌다.

고려가 망하고 조선이 들어서는 격정의 시간에, 우화등선의 시기를 늦추며 해태는 그들을 돌봐주었다.

그리고 갈라진 한반도.

흘러간 세월.

슬퍼하는 인간들을 외면하지 못하고 우화등선의 기회를 버렸다. 그리고 봉황의 눈을 피해 은거한 이들을 불러 메마른 땅에 생명을 불어넣었다.

"어르신."

백두산 백장군은 해태가 하려는 말이 무엇인지 알아차리자 안색이 일그러지듯 굳어졌다.

"이 땅에 태어난 이가 다시 흙으로 돌아가는 건 하늘님이 내리신 규칙이 아니던가?"

"……!"

"……!"

"……!"

머리에 망치라도 얻어맞은 것처럼 하나같이 충격에 싸인 얼굴들이었다.

이문만이 씁쓸히 찻잔에 손을 가져갔다.

이미 비어 있는 찻잔.

이문이 빈 찻잔을 내려다보며 그저 쓰게 입맛을 다실 때 해태가 그의 찻잔에 차를 채웠다.

"식었지만 나쁘지 않을 거요."

"괜찮소?"

해태는 속이 시원한 얼굴로 부드러운 미소를 지어 보였다.

"속이 다 시원합니다. 허허허허."

해태는 너털웃음을 터트렸다.

"할아버지."

박현이 잔뜩 일그러진 목소리로 그를 불렀다.

"현아."

해태는 눈가에 맺히는 박현의 눈물을 엄지로 스윽 닦아 주었다.

"이 녀석."

"……할아버지."

"그리 울 것 없다. 할애비 당장 안 죽는다."

이 자리에 박현만 있는 것이 아니었다.

해태는 가족 같은, 또 동생 같은 사방장군들을 향해 고개를 돌렸다.

"어르신!"

두 눈을 부릅뜨고 해태를 바라보는 백두산 야차의 눈은 시뻘겋게 충혈되어 있었다.

"이놈아. 당장 안 죽는대도."

"……어르신."

여전히 백두산 야차의 목소리는 걸걸했지만 울음기가 묻어나왔다.

괴물, 악귀의 처지에서 자신을 보살펴주고, 북의 수호신으로 만들어준 게 해태였다.

그는 스승이자 부모이자 은인이었다.

"끄윽. 끄윽—. 우어어어엉!"

결국, 울음이 터져 나왔다.

울음의 주인은 바로 둔갑 너구리 산달이었다. 산달은 꺼억 꺼억 숨이 막힐 듯 넋을 놓고 울고 있었다.

"뚝 그치거라. 아예 일찍 죽으라고 제사를 지내지 그러냐."

"우아아앙!"

산달은 폴짝 해태의 품에 안겨 다시 대성통곡했다.

해태는 아담한 몸집의 산달을 안고 등을 토닥여 주었다.

"다들 그리 볼 것 없다. 백 년은 너끈할 터이니."

해태도 분위기에 동화된 듯 조금은 슬픈 눈으로 하늘을 잠시 올려다보았다.

"장군들."

"예, 어르신."

"……해태 님."

"낭장."

해태는 암별초 낭장도 불렀다.

"예, 주군."

"마지막 불꽃을 피워볼까 하네."

"마지막 불꽃이라 하시면."

"봉황."

해태의 눈에서 슬픔과 아련함이 사라졌다.

"손주를 위해서라도, 그대들을 위해서라도. 이 한반도를 위해서라도."

그의 눈에서 시퍼런 기운이 흘러나왔다.

"죽여야지."

해태는 이문을 쳐다보았다.

"도와주시겠소?"

"우리 가문의 일이기도 하오."

이문이 고개를 끄덕였다.

*용어

1) 산달(山獺): 너구리. 한자로 산달 혹은 구환(狗獾)이라 한다.

2) 둔갑 너구리: 너구리가 천 년을 묵으면 도술을 깨달아 인간으로 변할 수 있다 한다. 장승을 씻은 물을 무서워하며 마시면 죽는다 한다.

3) 삼태성(三台星): 옛날 흑룡담이라는 큰 늪이 있는 마을이 있었는데 여기에 한 여인이 유복자로 세쌍둥이를 낳았다. 어머니는 삼형제가 여덟 살이 되던 해, 십 년 기약으로 훌륭한 재주를 배워오라며 집을 내보냈다. 삼형제는 각기 흩어져 도술을 하나씩 배워왔는데 첫째는 구만리를 날아가는 축지술을, 둘째는 구만리를 내다보는 천리안을, 셋째는 번갯불을 담은 무예와 신기에 가까운 궁술을 배워왔다. 각자의 배움 뒤 집에 돌아온 후, 어느 날 흑룡담에서 흑룡이 나타나 검은 구름으로 하늘을 뒤덮고 흙비와 돌비를 뿌렸다. 그 사이 흑룡이 해(태양)를 삼키고 구만리 저 높이 하늘로 올라갔다 한다. 세 형제는 서로 힘을 합해 흑룡을 쫓아가 끝내 죽이고 해를 다시 제자리로 돌려보냈다 한다. 그 후 세 형제는 어머니의 뜻에 따라 하늘에 남아 해를 지키

는 세 개의 별, 삼태성이 되었다 한다.

4) 야차: 어우야담에 따르면, 조선 중기 무장 신립 장군이 북변으로 나섰을 때 나이 지긋한 사냥꾼에게 북면 만주의 별난 동물에 대해 물었다. 사냥꾼은 젊었을 적 백두산에 사냥을 간 적이 있었는데 십여 척에 이르는 거구에 온몸에 털이 북슬북슬했고, 산발의 머리카락은 어깨까지 내려와 있으며, 매우 사나운 인상을 한 괴물을 본 적이 있다고 전했다 한다.

5) 백두산 백장군: 백두산 한 마을에 힘이 좋은 총각이 살았다고 한다. 어느 날 흑룡이 나타나 백두산에 흐르는 물줄기를 잘라버렸고, 그 탓에 백두산에 오랜 가뭄이 들었다. 총각이 마을을 위해 물줄기를 찾아다녔지만 흑룡의 농간에 찾는 족족 물줄기가 말라버렸다. 이때 백두산을 다스리는 봉왕의 딸이 찾아와 청석봉 옥장천의 물을 석 달 열흘간 마시면 천하무적의 장사가 된다고 전하며 100일 후 돌아오겠다 했다. 이에 그 물을 100일간 마신 총각은 집채만 한 바위도 번쩍 들고, 높다란 고목나무도 훌쩍 뛰어넘을 장사가 되었고 총각은 공주를 기다리지 않고 흑룡에게로 달려가 싸웠지만 거꾸로 흑룡에게 당한다. 공주는 뒤늦게 그를 찾아 옥장천 물로 치료하였고, 더욱 강해진 총각은 공주와 함께 샘물을 팠다. 이 샘물이 하늘에 닿아 '천지' 라

불렀다고 한다. 이후 흑룡이 천지의 물길을 끊기 위해 날아왔고, 이에 총각은 흰구름을 잡아타고 무쇠칼로 흑룡을 잡아 죽였다 한다. 이후 총각은 공주와 함께 천지 아래 수정궁을 짓고 행복하게 살았다 전해진다.

6) 그슨대: 원래 고려시대의 수호신이었으나 조선시대를 거치면서 악귀화 된 요괴. 어둠을 상징하는 악귀이며 대게 사람과 비슷한 모습을 띤다 전한다. 어떠한 물리적 공격으로도 타격을 입힐 수 없지만 빛에는 상당히 약하다고 한다. 덧붙이자면 고려 수호신이라는 설이 거짓이라는 말도 있으나 〈한국제주 역사·문화 뿌리학 하권, 김인호 저, 우용출판사〉에 의하면 북방 퉁구스어에 곡신(谷神)을 '그신'이라 발음하는 것으로 보아 북방 샤머니즘의 전래 또한 배제할 수 없다 여겨진다. 제주의 그슨새와는 비슷하나 분명 다른 존재이다.

9장

"괜찮냐?"

이문이 술잔을 앞에 내려놓으며 물었다.

그 목소리에 박현은 조용히 눈을 떴다.

이문은 박현을 쳐다보다 그의 눈이 피를 머금은 것처럼 붉게 충혈되어 있음을 알아차렸다.

"울 만큼 울었고 또 나중에 울면 됩니다. 지금은 냉정할 때입니다."

"강해서 보기 좋다."

이문은 씨익 웃으며 박현의 술잔에 술을 채웠다.

"매일 이렇게 술을 마셔도……. 아!"

박현은 매일 정도가 아니라 볼 때마다 술을 무슨 차처럼 마시는 이문에게 물으려다가, 인간이 아닌 신에게 술을 이렇게 많이 마셔도 되냐는 질문은 참으로 바보 같은 질문이라는 것을 깨달았다.

“그래, 무슨 생각을 그리하는 거냐?”

“용왕을 합류시켜야겠습니다.”

“문무?”

그의 이름에 이문의 눈가가 찌푸려졌다.

“우리가 그와 사이가 그다지 좋지 못하다는 건 알고 있지?”

“대충은.”

“원수까지는 아니지만 그렇다고 데면데면하게 지낼 정도로 좋은 것도 아니지.”

이 정도면 사이가 좋지 못하다는 정도가 아닌 것 같았다.

“사실 저도 안 좋기는 합니다.”

“뭐?”

“굳이 표현하자면 개차반?”

“뭐? 푸하하하하하!”

이문은 박현의 말에 배를 잡으며 대소를 터트렸다.

“무슨 이유인지 모르나 저를 싫어하더라고요.”

“어디 용 같지도 않은 뱀 새끼가 너한테 자격지심이 생겨서 그런 걸 거다."

둘 사이가 안 좋은 건 아마 종족의 자긍심 때문이지 않을까 싶었다.

"다시 말해 보지?"

그때 바 스워드에 선비처럼 고고하게 생긴 용왕 문무가 안으로 걸어 들어오며 스산한 살기를 내뿜었다.

"왜? 내가 말 못 할 거 같나?"

이문은 용왕 문무를 보자 삐딱하게 앉으며 이죽거렸다.

"그러니까 그 잘난 혓바닥 다시 놀려봐. 본좌 앞에서!"

용왕 문무의 몸에서 스산한 살기가 더욱 짙어졌다.

"지금 본신 앞에서 살기를 뿌리는 거냐? 엉?"

이문은 의자를 바닥에 내동댕이치며 자리에서 벌떡 일어나 문무 용왕 앞에 바투 다가서서 으르렁거렸다.

"죽고 싶냐?"

"죽고 싶은 건 네놈이 아니고?"

"그만해라."

"그만하시게."

비희와 해태가 안으로 들어서며 둘을 말렸다.

"내 이래서 자네를 안 데리고 오려 했건만."

해태와 비희는 둘 사이를 떨어뜨리며 탁자로 자리를 옮겼다.

“칫!”

“큼!”

이문과 용왕 문무는 서로 눈이 마주치자 기분 나쁜 표정을 지으며 고개를 돌려 서로의 시선을 피했다.

그렇게 고개 돌린 용왕 문무의 눈에 박현이 들어왔다.

“네놈을 봤을 때 기분이 과히 좋지 않더니 핏줄이 그랬던 거였군.”

용왕 문무는 박현을 보자 눈가를 다시 찌푸렸다.

“이, 쌍!”

이문이 자리에서 벌떡 일어났다.

“뱀새끼가 어디서 내 동생을 향해 깐죽거려?”

“뭐라? 다시 지껄여 보라!”

용왕 문무도 질세라 자리에서 일어났다.

콰앙!

이문은 테이블을 그대로 발로 차 부수며 나무 파편을 뚫고 용왕 문무에게로 다가갔다.

후아악—

그리고 누가 먼저라고 할 것도 없이 서로를 향해 주먹을 날렸다.

콰앙!

두 주먹이 서로 부딪히자 둘의 기운이 폭발하며 여파가

사방으로 휘몰아쳤다.

다시 둘의 주먹이 서로를 향할 때였다.

비희가 이문의 뒷덜미를 잡아 뒤로 잡아 던졌고, 해태는 용왕 문무의 무릎을 밟아 다시 의자에 앉혔다.

"애들도 아니고."

"자네. 휴우, ……아닐세."

비희는 다시 용왕 문무를 향해 달려들려는 이문을 보며 이마를 찌푸렸고, 해태는 용왕 문무에게 뭐라 말을 하려다 그냥 한숨을 푹 내쉬었다.

"형님."

"본좌가 뭘 잘못했다고 그렇게 보시는가?"

이문과 용왕 문무는 비희와 해태를 보며 자신이 뭘 잘못했냐는 듯 쳐다보았다.

당연히 비희와 해태의 한숨은 더 늘어갔다.

"내가 뭘!"

"본좌가 뭘!"

그 모습에 둘은 소리를 버럭 질렀다.

똑같은 말을 하자 둘은 또 서로를 매섭게 노려보았다.

"눈 깔아라!"

"눈 깔으라!"

또 똑같은 말.

"그 입 다물어라."

"그 입 다물으라!"

역시나 이번에도.

둘은 다시 입을 열려다가 동시에 닫으며 분함에 몸을 부르르 떨었다.

"흠."

"미운 정도 정은 정이로군."

해태는 어이없어하며 의자에 앉았다.

비희는 자연스레 탁자 파편을 신력으로 쓸어 모아 구석으로 밀어버렸고, 해태는 근처 탁자를 가져왔다.

"큼!"

"크험!"

다시 자리에 마주하자 둘은 누가 먼저라고 할 것도 없이 언짢은 소리를 냈다.

동시에 침음성을 삼키자 이문의 뺨이 떨렸고, 용왕 문무의 눈썹이 꿈틀거렸다.

"어쩐 일로 찾아오셨습니까?"

한바탕 소란 끝에서야 겨우 비희가 용건을 꺼냈다.

"본신의 생각에 말이오. 봉황의 욕심을 생각하면 본신 하나로 끝나지 않을 거라는 생각이 들었다오."

"무슨 소리인가? 봉황이 왜?"

용왕 문무는 봉황이라는 이름이 거론되자 낯을 찌푸리며 물었다.

"아직 듣지 못한 모양입니다."

비희의 말에 용왕 문무는 고개를 저었다.

"듣지 못했소."

용왕 문무의 목소리는 조금 날이 서 있었지만 이문만큼은 아니었다. 이문은 아홉째 초도가 알아온 사실을 차분히 알려주었다.

"필방?

용왕 문무는 더러운 것을 본 것처럼 낯을 찌푸렸다.

"쯧."

그러더니 혀를 찼다.

"한동안 잠잠하다 싶더니, 악귀들이 또 세상을 어지럽히겠군."

"이번에도 보고만 있을 참인가?"

해태가 물었다.

"그러려고 했지만."

용왕 문무의 눈에 시퍼런 기운이 감돌았다.

"감히 본좌를 노린다고 하니, 가만있을 수는 없지."

이내 기운을 죽인 용왕 문무는 해태를 보며 물었다.

"그런데 그 이야기를 왜 본좌에게…… 설마."

해태가 설명하지 않고, 이문이 설명했다.

"많으면 많을수록 좋지 않은가. 아니 그런가, 문무?"

그 말은 함께한다는 말.

용왕 문무의 시선은 자연스레 비희와 이문에게로 향했다.

"젠장!"

"젠장!"

용왕 문무와 이문은 동시에 얼굴을 와락 일그러트렸다.

잠시 후, 대략적인 이야기가 일단락이 되고.

"꼬맹이. 짧은 시간 안에 제법 세력을 만들었구나."

용왕 문무는 빈정거리듯이 말하며 자리에서 일어났다.

"문무."

"알았네, 알았어."

해태가 나직하게 그를 부르자 용왕 문무는 건성건성 손을 저으며 자리에서 일어났다.

"너희들이 마음에 안 들지만 봉황이 더 마음에 안 드니 어쩔 수 없지. 특별한 일 있으면 부르지 말고, 해태를 통해 전하여라."

용왕 문무는 사라지듯 자리를 떴다.

"뱀새끼, 언제 날 한번 잡고야 만다."

이문이 빠드득 이를 갈았다.

그 모습에 비희도, 해태도, 박현까지도 고개를 절레절레 저었다.

*　　*　　*

"봉황께서 필방을 불러들였다고?"

"예."

백택의 물음에 암행규찰 흑두령 암적이 묵직한 목소리로 대답했다.

"필방이라."

"그리고 닷발괴물들이 사방으로 날아들었습니다."

"흉조까지."

백택은 눈을 반개하다 눈을 부릅떴다.

"필방이 입조한 날, 전후로 특별한 일이 있었는가?"

"……, 닷발괴물 한 마리가 돌아오지 않았습니다."

"그리고?"

"고 장로가 은밀히 궁을 떠난 날이었습니다."

"고 장로, 고 장로."

구미호 고 장로가 강철이와 친하다는 것을 깨달았다.

"……설마!"

백택이 입술을 지그시 깨물었다.

“고 장로와 강 장로가 다른 이와 회합을 가진 적이 있었던가?”

“…….”

암적 흑두령은 대답하지 않았다.

아니 못했다는 것이 더 옳을 것이다.

그들의 눈이 궁내에까지 닿아 있지 않았기 때문이었다.

“정확하지는 않지만 얼마 전 강 장로와 응 장로가 두어 번 회합을 가졌다는 풍문은 있었습니다.”

“젠장!”

백택은 주먹으로 탁자를 내려쳤다.

“그 말이 사실이라면 강 장로가 박현의 정체를 눈치챈 것이 분명하군.”

고미호, 강철이.

거기에 삼두일족응.

조금이라도 속사정을 아는 이가 본다면 누가 봐도 반 봉황을 위한 회합이었다.

결국 봉황이 이를 눈치채고 칼을 뽑아 든 것이었다.

“피바람이 불겠군.”

문제는 봉황인데…….

“아는 것인가? 모르는 것인가?”

백택의 표정이 서서히 굳어졌다.

그에 따라 피바람의 방향이 자신을 향할 수 있음을 느꼈기 때문이었다.

"젠장."

백택은 마른세수를 하며 자리에서 일어났다.

"암적."

"예, 주군."

"혹시 모르니 모든 병력을 집결시켜."

"명."

암적이 사라지고.

"응 장로를 봐야겠군."

그는 그나마 궁내에서 최소한의 시선으로 만날 수 있는 이였다.

*　　*　　*

동도 트지 않은 늦은 밤.

하얀 한복을 곱게 차려입은 조완희는 경건하게 신단 앞에 자리를 잡았다.

몸주인 대별왕을 향해 정성 어린 기도를 올릴 때였다.

절을 하던 조완희의 눈이 부릅떠졌다.

몸주의 공수가 내려왔다.

'일주일 후, 양의 기맥파폭이라.'

조완희는 엎드린 채 고개를 올려 대별왕 무속도를 올려다보았다.

한 번도 아니고.

'어찌…….'

기맥파폭은 이면에 있어 마치 자동차 엔진의 기름처럼 일종의 자양분이자 근간의 뼈대나 매한가지였다.

'이면의 법칙을 흔드시오는지.'

조완희의 표정이 어두워졌다.

대별왕이 자신과 친우인 박현을 어여삐 여기는 것은 분명 기쁜 일이다.

하지만 마음이 답답해지는 것은 당연한 일.

대별왕이 아무 생각 없이 흔드는 것은 아닐 것이 분명한데, 그 뜻을 알지 못하니 근심이 드는 것이다.

이내 조완희는 고개를 저었다.

이 한 몸을 태워서라도 대별왕을 모셔야 하는 법, 몸주를 의심하는 것은 있어서는 안 될 일이다.

더욱이 몸주는 감히 범접할 수 없는 저승의 법도이지 않은가.

《복잡하게 생각 마라. 그저 그 아이와 함께 길을 걸으라.》

"예, 몸주시여."

조완희는 경건하게 절을 올린 후 신당을 벗어났다.

그 시각.

침소에 든 봉은 이내 깊은 잠에 빠져들었다.

《들어라, 나를 대신해 이 땅을 다스리는 나의 아이야.》

머릿속에 울리는 소리에 봉은 눈을 부릅떴다.

"……!"

황도 잠을 자다 말고 자리에서 벌떡 일어나는 것을 보면 자신에게만 들리는 목소리는 아닌 듯싶었다.

"폐, 폐하. 이 모, 목소리는……."

"쉿!"

봉은 얼른 입을 손가락으로 가려 조용히 시키고는 몸가짐을 바르게 하며 경건하게 무릎을 꿇고 앉았다. 그 모습에 황도 조신하게 바로 앉았다.

"이 땅의 주인이신 소별왕을 뵈옵니다."

봉은 머리를 침소에 박으며 고개를 숙였다. 황도 긴장한 듯 잠시 어리벙벙해했지만 이내 침착하게 봉을 따라 오체투지 했다.

《들으라, 나의 아이들아.》

"예."

"……."

봉과 황은 잠시 들었던 머리를 다시 바닥으로 숙였다.

《사랑하는 동시에 죽이고 싶을 정도로 미운 나의 형인 대별왕이. 둘의 언약을 어기고 감히 내가 다스리는 이 땅에, 나의 허락 없이 손을 뻗었다.》

"……!"

봉은 그 말에 깜짝 놀라 고개를 번쩍 들어 올렸다가 '아차' 하며 다시 고개를 숙였다.

《나의 형의 손길이 닿은 녀석이 있다. 찾으라, 그리고 죽여라!》

"소, 소별왕이시여."

봉은 대답 대신 그를 불렀다.

"후, 후에 소신에게 북쪽의 땅을 허락해주시기를 간청하옵나이다."

소별왕의 대답이 들려오지 않자 봉은 마른침을 삼켰다.

《북쪽이라.》

틈을 두고 다시 소별왕의 목소리가 들려오자 봉은 안도의 한숨을 속으로 삭였다.

"그리하여만 주시오면, 반드시 북을 넘어 손길이 닿는 권능의 땅을 반드시 넓혀 보겠나이다."

봉은 다급히 말을 외치듯 이었다.

《불가침의 언약으로 만주로 나아가지 못함을 알면서도 그리 말하는 것을 보면 너는 여전히 영악하면서도 욕심이 많구나.》

소별왕의 말에 봉은 두려움에 몸을 바르르 떨었다.

"하오나 소신은 소별왕의 뜻을 누구보다……."

《구구절절 말이 많은 것도 그러하고.》

"……."

봉은 지그시 입술을 깨물었다.

《허나 달콤한 혀로 나의 마음을 잘 헤아려주기도 하지. 북쪽의 아둔한 것과 달리.》

"소별왕이시여."

《그 녀석을 먼저 죽여라. 그리하면 나의 권능이 너의 권능으로 이어질 것이다.》

감격과 흥분으로 인해 봉의 눈동자가 바르르 요동쳤다.

그 말을 끝으로 봉과 황을 압박하던 기운이 사라졌다.

"하아—."

황은 압박이 사라지자 옅은 숨을 내쉬었다.

"폐하."

"말하시게."

봉도 답답했던지 앞섶을 조금 풀어 목을 편하게 만들었다.

"진심이십니까?"

"무얼?"

"만주."

황의 물음에 봉이 피식 웃음을 삼켰다.

"설마. 소별왕께서 중국의 반고와 여와[1], 일본의 이자나기와 이자나미[2]와의 암묵적 약조를 깰 수 있으리라 보시는가?"

봉은 자신이 말을 하고도 고개를 저으며 자신이 대답했다.

"없어. 천상의 일이라 본신이 잘 알지 못하지만 그리 녹록한 것이 아니야."

"하오면……."

"소별왕이 좋아하니까."

봉은 황의 손을 토닥이며 밖을 향해 소리쳤다.

"밖에 누구 없느냐?"

"부르셨나이까?"

환관 하나가 조용히 문을 열고 안으로 들어왔다.

"천신제를 지낼 것이다."

"천신제를 말씀이시옵니까?"

"그래! 소별왕을 위해 가장 화려하고, 가장 장대하게 열 것이다! 준비하라."

"명을 받드옵나이다."

환관이 종종걸음으로 나갔다.

"설마."

황이 눈을 몇 번 깜빡이더니 눈동자에 탐욕이 슬며시 스며들었다.

"소별왕께서 다시 권능을 실어주시기를 바라야지. 그를 위해 그분의 마음을 흡족하게 만들어야지."

삼족오의 그늘을 벗어나지 못하던 그때.

소별왕이 권능을 내리며 자신은 진정한 천외천을 넘어서는 경이로운 힘에 눈을 떴다. 그 힘을 바탕 삼아 삼족오를 죽이고 이 땅을 차지할 수 있었다. 그때의 감동이 다시 떠오르자 봉은 몸을 바르르 떨었다.

"한 번 더 내려주신다면."

"해태는 물론, 푸른 물뱀마저 없애고 진정한 이 땅, 한반도의 주인이 되는 것이지."

봉은 히죽 웃음을 지었다.

* * *

"기맥파폭?"

때마침 들려온 좋은 소식에 박현의 입가에 미소가 지어졌다.

"양의 기맥이야."

"그럼 영약과 기석인가?"

"그래."

"기석은 둘째치고, 영약이면 확실히 도움이 될 수 있겠군."

박현은 앞으로의 일을 계획하다 좋지 못한 조완희의 표정에 고개를 갸웃거렸다.

"무슨 안 좋은 일이라도 있나?"

"좋지 않다기보다."

"뭔데 그래야?"

서기원이 쟁반에 푸짐한 닭찜과 막걸리를 가져왔다.

"너 좋아하는 메밀묵은 어디 가고?"

"에이, 어디 밥만 묵고 살아야. 가끔은 별식을 먹어줘야 해야."

서기원은 수저를 둘 앞에 놓았다.

"무슨 일인데 고민이야?"

박현은 서기원이 따라준 막걸리를 한 모금 마시며 물었다.

"몸주 때문에."

"대별왕님 말이어야?"

서기원.

"소별왕에 비하면 완벽하고 공정하면서도 지혜로운 분이시지."

"그런데야?"

그런 분이 무슨 문제가 있을 리 없으니 궁금해졌다.

"그런 분이 약속을 깨고 이승의 일에 손을 대시고 있어."

조완희의 시선이 박현에게로 향했다.

"하긴 서로의 세상을 넘보지 않기로 약조했다고 했었지야."

서기원은 분위기에 젖어 팔짱을 낀 채 심각한 표정을 지으며 고개를 주억였다.

"소별왕 님이 아시면 큰일이 나겠어야."

"그러니 은밀히 나를 통하시는 거겠지."

"흠."

"그래서 더 모르겠어."

조완희의 목소리에는 더욱 짙은 근심이 담겼다.

"후르릅, 쩝쩝."

생각이 많아진 정적 속에 귀를 거스르는 소리가 들려왔다.

"오—, 역시 찜닭은 안동이어야. 그지야?"

"확실히 다른 풍미가 있군. 맛있네."

그 사이 서기원과 박현은 맛나게 찜닭을 먹고 있었다.

"야!"

조완희는 둘을 향해 소리를 버럭 질렀다.

"왜 그래야?"

볼이 빵빵한 서기원이 '쪽' 하고 손가락을 빨며 물었다.

"이 와중에 먹을 게 넘어가냐. 어?"

조완희는 발가락으로 서기원의 옆구리를 쿡 찔렀다.

"아이 씨. 먹을 때 개도 안 건드려야."

"너도. 어? 말리지는 못할망정 같이 처묵처묵하냐?"

"완희야."

그러자 박현이 진지한 얼굴로 조완희를 불렀다.

"왜?"

"대별왕 님은 현명하시지. 신이라도 다 같은 신이 아니시니까."

박현은 손가락으로 위를 가리켰다.

"……그래서?"

"어련히 알아서 하실까?"

박현은 술잔을 들었다.

"맞아야. 내 말이 그 말이어야. 소별왕도 아닌 대별왕이신데 뭘 걱정해야."

창—

박현은 서기원과 잔을 부딪쳐 건배했다.

"그건 그렇고, 양의 기맥파폭이라고?"

"오~, 조금 일찍 터져야. 이번에는 어디여야?"

서기원은 닭다리를 하나 집으며 물었다.

"DMZ."

"DMZ?"

박현이 술잔을 들며 물었다.

"어."

"DMZ라."

"DMZ라 해서 별로 달라질 것 없어야. 북에서 터져도 갈 놈들은 다 가야."

"좋군."

서기원의 말에 박현은 흡족한 웃음을 지었다.

"우리와 북이 손을 잡으면, 모두 먹을 수 있지 않을까? 이 기회에 먹어보자. 전부."

박현이 입꼬리를 비틀어 올렸다.

"북성(北星)이 내려오지 못하고, 봉황이 올라갈 수 없지만 DMZ라면. 확실히 좋은 기회여야."

"북성?"

"해태 님과 사방장군들을 그리 불러야. 북의 별이라 해서야."

"북의 별이라. 그래서 인공기에 별이 있는 건가?"

별 하나, 그리고 가로의 다섯 줄.

'그런 의미였던가?'

문득 생각이 그쪽을 향했지만 의미 없는 생각이라는 것을 떠올리며 피식 웃음으로 날려버렸다.

'북성과 형제들, 그리고 호족과 금돼지 일족에 화랑문. 용왕 문무라면.'

해볼 만하다.

'하지만.'

박현의 눈빛이 착 가라앉았다.

'호족과 금돼지 일족, 화랑문은 확실하지만.'

용왕 문무는 열외로 치더라도.

문제는 사방장군이었다.

해태를 생각해서라도 자신과 함께하겠지만 그것만으로는 부족하다.

'그들을 사로잡아야 해. 그들을.'

박현은 막걸리를 쭉 비웠다.

그러려면 최대한 빨리 모든 껍질을 부수고 용의 모습을 갖춰야 했다.

'양의 기맥파폭.'

단순히 먹는 것만으로는 부족하다.

음의 기맥파폭에서 그랬던 것처럼 또 하나의 껍질을 부숴야 한다.

'반드시.'

가라앉은 눈빛이 번뜩였다.

*용어

1) 여와: 반고와 여와. 중국의 창조신. 아무것도 없는 혼돈의 세상에 반고가 태어나 죽으며 세상을 만들었고, 여와는 인류를 창조했다.

2) 이자나기와 이자나미: 일본의 창조신. 둘은 쌍둥이자 부부로, 이자나기는 일본 일왕가의 왕조신이자 일본을 다스리는 신이며, 이자나미는 저승을 다스리는 신이다.

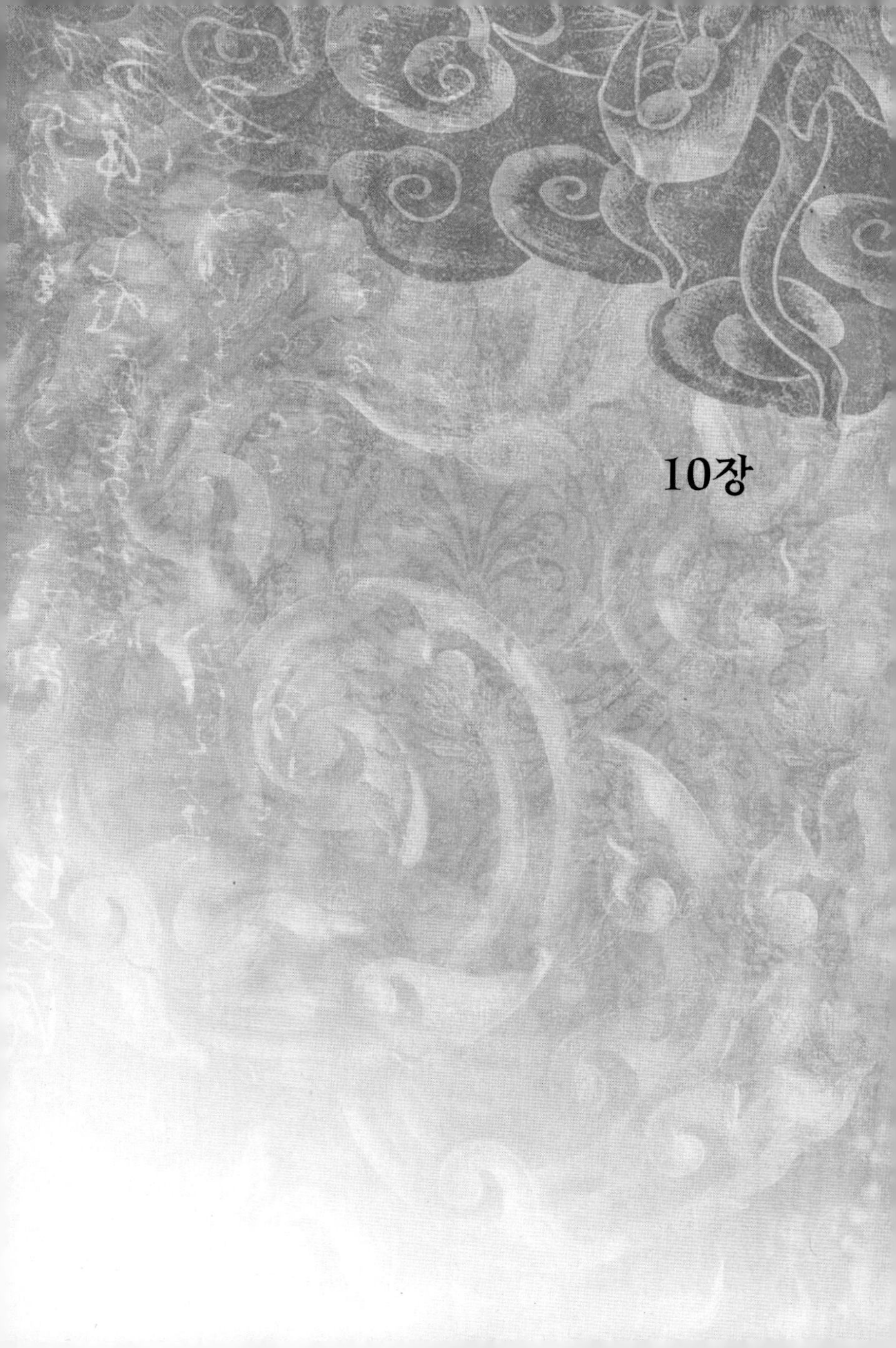

10장

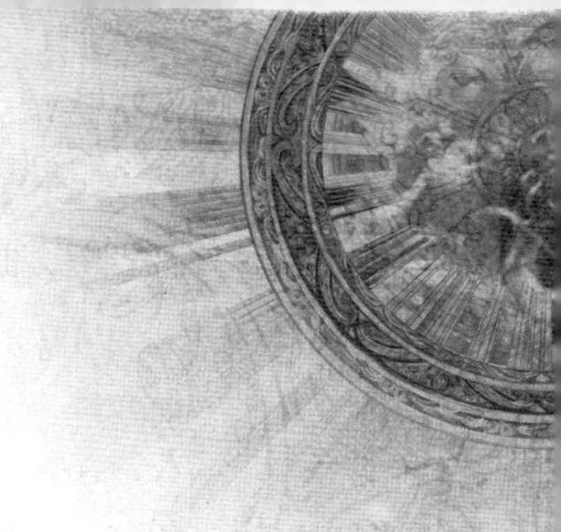

"흠."

서기원이 인상을 찌푸렸다.

"하아— 좋다."

그 옆에서 애자는 서기원의 뺨을 쪼물딱거리며 몽롱한 눈빛을 띤 채 가슴 깊은 감탄을 토해내고 있었다.

"이게 바로 힐링이로구나."

"아, 진짜! 이거 놓고 있으면 안 돼야?"

서기원이 뺨을 주물럭거리고 있는 애자의 손을 툭 쳐내며 눈썹을 역팔자로 휘어 올렸다.

"왜—, 왜애—, 이 누나가 싫어?"

애자는 코 맹맹한 소리로 서기원에 달싹 달라붙어 이번에는 양손으로 서기원의 뺨을 주물럭거리기 시작했다.

“진짜—, 애인은 어디에 두고 이래야?”

“흑!”

서기원의 말에 애자는 갑자기 눈물을 글썽이며 손으로 얼굴을 감쌌다. 그러고 보니 항상 붙어 다니던 데니안 우드가 보이지 않았다.

“꿀꺽!”

숨죽여 우는 어깨를 보며 서기원은 순간 말을 잘못했나 싶어 마른침을 삼켰다.

“누, 누님?”

서기원은 당황해 이러지도 못하고 저러지도 못하며 안절부절못했다.

“……흑흑.”

대답은 들려오지 않고 가느다란 울음만 간헐적으로 흘러나왔다.

“미, 미안해야.”

“끄읍.”

애자는 서기원의 품으로 쓰러지며 흐느꼈다.

“진짜 미안해……. 어라리야!”

마치 뱀 한 마리가 서기원의 몸을 타고 올라가듯 애자의 손이 스르르 올라가더니 그의 뺨을 다시 주물럭거리기 시작했다.

그 손길에 서기원의 눈이 가늘게 찢어졌다.

"이상해야."

"끄으, 흑흑."

서기원의 목소리에 의심이 들자 애자는 그의 품에 더욱 파고들며 좀 더 흐느꼈다.

"음?"

박현이 사무실로 들어서며 마치 부둥켜안고 있는 듯한 둘을 보더니 묘한 소리를 냈다.

"기원아."

"왜야?"

"누나라서 그러는 건 아니니 곡하지 말고 들어."

"……?"

"임자 있는 여자는 건드는 거 아니다."

"음? 어? 어라리야."

잠시 말귀를 이해하지 못하고 어리둥절하던 서기원은 금세 박현의 말뜻을 알아차리고는 눈썹이 역팔자로 휘어졌다.

박현의 말에 반응한 건 비단 서기원뿐만이 아니었다.

애자도 움찔하더니 마치 천수관음(千手觀音)[1]이 재래한 듯 그녀의 손은 여러 개가 되어 서기원의 빰을 열심히 주물럭거리기 시작했다.

"임자? 임자가 있는 여자? 헤어진 거 아니여야?"

서기원의 목소리가 좀 더 커지자 애자는 더욱 열심히 서기원의 빰을 만졌다.

"나를 속인 거여야? 이러는 게 어디 있어야!"

서기원은 타악— 애자의 손을 쳐내며 자리에서 벌떡 일어났다.

"푸핫!"

애자는 뒤로 넘어가며 웃음을 터트렸다.

"거짓말은 아니다. 달링이 오래 자리를 비울 수 없어 어제 돌아갔어. 흐윽!"

애자는 마치 다시 가면을 쓰듯 눈물을 글썽이며 서기원의 빰을 향해 손을 뻗었다.

"슬프다. 외롭다!"

애자는 몸부림치며 서기원의 빰을 향해 손을 더욱 뻗었다.

"진짜 너무해야!"

서기원은 소리를 버럭 질렀다.

"매정한 놈!"

애자는 마치 남자에게 차인 여자처럼 표정이 돌변하며

소리를 버럭 질렀다.

끼익—

그때 사무실 문이 열리고 말끔하게 생긴 사내가 안으로 들어왔다.

"어머! 어머! 이 잘생긴 청년은 누구야?"

애자는 언제 그랬냐는 듯 눈에서 하트를 쏘며 바람처럼 다가가 가슴을 쓰다듬었다.

"음?"

탄탄해야 할 가슴이 물컹거렸다.

애자는 이해할 수 없는 상황에 잠시 눈을 껌뻑이며 손을 다시 조물조물했다.

몰랑몰랑.

부드러운 것이 기분이 좋아야 하는데 뭔가 불쾌함이 스물스물 올라왔다.

'가슴에 몰랑몰랑이면?'

애자는 눈을 동그랗게 뜨며 상대의 가슴을 내려다보았다.

풍만하다.

가장 먼저 든 생각이 그거였다.

'윽!'

애자는 자연스레 자신의 가슴으로 향하는 자신의 눈동자

를 애써 거부하려 했지만 끝내 이겨내지 못했다.

'크흑!'

앙증맞은 볼륨에 눈을 감아버렸다.

'잠깐!'

분명 잘생긴 사내의 품에 은근슬쩍 기댔었는데.

애자는 고개를 들어 사내를 쳐다보았다.

윤기가 찰랑거리는 검은 머릿결이 비단처럼 아래로 드리워 있었다.

그 머릿결은 어깨를 지나 등으로 내려갔다.

고개를 들어보니 요염한 여인이 서 있었다.

그 여인은 한쪽 눈을 감으며 윙크를 날렸다.

"으엑!"

애자는 순간 기겁성을 지르며 뒤로 물러났다.

"아웅."

그 여인은 입을 쓰윽 베어 물며 다시 윙크를 날렸다.

"어……, 엇!"

윙크를 날리자 요염한 여인은 처음 보았던 사내로 변해 있었다.

"으, 음양인(陰陽人)[2] 능력자?"

"그래 보여욤?"

사내가 손가락을 물며 몸을 꼬자 자그만 소녀로 변했다.

"이 썅. 너 뭐야!"

애자는 그 변신에 기가 막혀 하며 소리를 버럭 질렀다.

"누님, 내 손님인 듯합니다."

"하하하, 잘 지냈습꽈?"

소녀는 웃음을 지으며 박현을 향해 걸음을 옮겼다. 그 걸음걸음마다 다양한 모습으로 변신하더니 이윽고 원래 모습으로 돌아온 청장군 둔갑 너구리 산달이 삿갓을 들며 인사했다.

"쥐방울만 놈이 감히 나를 놀려!"

애자가 몸을 부들부들 떨더니 짙은 살기를 내뿜었다.

투웅—

둔갑 너구리 산달이 지팡이를 들어 바닥을 톡 찍었다.

구름 같은 새하얀 바람이 순간 애자를 휘감았다.

펑!

새하얀 바람이 터지자 애자의 모습은 사라지고 없었다.

"어디로 보냈어야?"

서기원이 물었다.

"옥상으로 보냈습돠. 시원한 바람을 쐬면 정신이 돌아오지 않겠습꽈?"

둔갑 너구리 산달은 지팡이를 들어 천장을 가리켰다.

그 모습에 박현이 피식 웃음을 터트렸다.

콰당!

"야이, 새끼야!"

애자가 벌겋게 달아오른 얼굴로 문을 박차고 안으로 뛰어들어 와 둔갑 너구리 산달을 향해 달려들었다.

펑—

둔갑 너구리 산달은 뒤도 돌아보지 않고 다시 지팡이를 바닥에 두들겼고, 하얀 바람과 함께 애자의 모습은 다시 사라졌다.

"이번에는 또 어디여야?"

"멀리 보낼 것 있음꽈?"

둔갑 너구리 산달은 지팡이로 다시 천장을 가리켰다.

옥상이라는 뜻.

콰당!

다시 문이 벌컥 열렸다.

"죽여버리겠어!"

애자가 다시 달려들었고.

펑—

다시 사라졌다.

콰당! 펑— 콰당! 펑—

처음에는 숫자를 세다가 나중에는 세기도 귀찮아 심드렁하게 믹스커피를 타 가져왔다.

콰당!

"너! 너!"

다시 문이 벌컥 열리고 애자가 시뻘게진 얼굴로 둔갑 너구리 산달을 손가락으로 가리켰다.

둔갑 너구리 산달은 아무 말 없이 다시 지팡이를 들어 올렸다.

"스탑! 스탑!"

얼마나 다급했던지 애자는 목에 핏줄을 세우며 소리를 질렀다.

"너! 한 번만 더……."

애자가 이를 빠드득 갈자 펑— 소리와 함께 그녀는 다시 사라졌다.

둔갑 너구리는 어깨를 으쓱 들어 보이며 믹스커피가 담긴 종이컵으로 손을 가져갔다.

콰당!

"잘못했다!"

문이 벌컥 열리며 애자가 앞뒤 다 자르고 그냥 소리를 질렀다.

"와서 앉아요."

박현이 옆 소파를 툭툭 쳤다.

그 와중에도 애자는 찬바람을 풀풀 날리며 도도하게 걸

어와 소파에 앉았다. 그리고는 아무 말 없이 둔갑 너구리 산달을 노려보았다.

"눈매가 제법 매섭습돠."

"왜? 내 눈으로 보는 것도 안 되냐?"

목소리는 차가웠지만 날이 시퍼렇게 서 있지는 않았다.

"눈도 깔아주랴?"

애자는 눈을 부라리며 둔갑 너구리 산달을 쳐다보았다.

둔갑 너구리 산달은 아무 말 없이 조용히 지팡이를 살짝 들어올렸다.

"으아아악!"

애자는 기겁하며 손을 마구 휘저었다.

바람 소리도 없었고, 하늘과 땅도 뒤죽박죽 뒤집어지지 않았다.

즉, 아무 일도 벌어지지 않았다.

그냥 혼자 지레 겁을 먹고 미친년처럼 헛짓거리를 한 것이었다.

"야이, 썅!"

펑—

그렇게 그녀는 사라졌고, 다시 돌아오지 않았다.

"시끄러워서 좀 멀리 보냈습돠."

박현은 고개를 절레절레 저었다.

둔갑 너구리 산달은 그런 박현을 바라보며 자세를 바로 잡고 앉았다.

"급한 일로 보자고 했는데 무슨 일임꽈?"

"엿새 후, DMZ에서 양의 기맥파폭이 일어납니다."

"DMZ에서 말임꽈?"

둔갑 너구리 산달이 눈을 동그랗게 뜨며 물었고, 박현은 고개를 끄덕여 다시 확인시켜 주었다.

"상견례도 할 겸 겸사겸사 한번 모이는 건 어떻습니까?"

"단순히 그것만임꽈?"

둔갑 너구리 산달의 눈이 게슴츠레하게 휘어졌다.

"다 모였는데 상견례만 하기는 좀 그렇기는 하죠?"

"고럼?"

"겸사겸사 다 먹어볼 참입니다."

"겸사겸사 참으로 좋아함돠."

박현은 그저 씨익 웃는 것으로 대답을 대신했다.

"쉽지 않을 검돠."

"압니다. 하지만 먹어보고 싶군요."

"가서 장군들이랑 의논해보고 연락드리겠슴돠."

둔갑 너구리 산달은 자리에서 일어나 삿갓을 살짝 들어 인사하고는 그 자리에서 연기와 함께 사라졌다.

*　*　*

펑—

둔갑 너구리 산달은 하얀 바람과 함께 해태의 집 마당에 모습을 드러냈다.

“다녀왔슴돠.”

산달은 폴짝 뛰어 마당 평상으로 올라갔다.

“뭐라고 하더냐?”

백두산 야차가 산달이 자리에 앉지도 않았는데 성격 급하게 물어왔다.

“산달이 숨 좀 돌리세.”

백두산 백장군이 갈색 맥주병을 들었다.

“산달아, 너는 맥주지?”

“대동강[3]임꽈?”

삿갓을 벗던 산달은 백두산 백장군이 든 맥주병의 색깔이 초록색이 아닌 갈색이자 눈동자가 초롱초롱하게 바뀌었다.

“이것은!”

“그래, 네가 좋아하는 봉학[4]이다.”

“오~.”

산달은 어깨춤을 추며 잔을 들었다.

영롱한 빛깔에 새하얀 거품을 눈으로 마시고, 입으로 마셨다.

"하아—, 좋습돠. 킁킁, 킁킁."

시원하게 감탄사를 터트리던 산달은 이내 코를 벌렁벌렁 거렸다.

"어디서 맛난 냄새가 남돠."

"봉 공주[5]께서 오셨다."

삼태성의 막내 하태성.

"봉 공주께서 오셨슴꽈? 이야~ 오랜만에 포식하겠슴돠."

봉 공주의 손맛을 떠올린 산달은 더욱 신나게 어깨춤을 추며 잔을 비웠다.

"그래, 박현 님은 뭐라 하시더냐?"

박현에 대한 마땅한 호칭이 없었다.

사실 있다 하더라도 당장은 유보였다.

백장군은 그렇게 산달의 빈 잔을 채워주었다.

"엿새 후 양기를 담은 기맥파폭이 터진다 함돠."

"기맥파폭?"

"DMZ에서 터진다 함돠."

"그래서?"

산달의 말을 이어받은 이는 백두산 백장군이 아니라 백두산 야차였다.

"한 번 다 모여서 서로 안면도 트고."

"트고?"

"겸사겸사 모인 김에 기맥파폭에서 나오는 영약이랑 기석을 싹 쓸어담자 했습돠."

"그러니까, 독식하자고?"

"예압."

산달은 고개를 끄덕인 후 맥주를 다시 쭈욱 마셨다.

"머리는 영민하군."

"그러면서도 과감하고."

"하지만 용생구자의 동생이라는 것이 걸리오."

삼태성의 셋은 돌아가며 한 번씩 입을 열었다.

"크하하하하!"

하지만 백두산 야차는 큰 웃음을 터트렸다.

"그래도 졸(卒)은 아니네."

"마음에 드는 눈치요?"

"간이 작은 것보다야 낫지."

백두산 백장군의 물음에 백두산 야차는 어깨를 으쓱 들어올렸다.

일단은 마음에 드는 모양이었다.

"그나저나 해태 님은 어디갔습꽈?"

산달은 잔을 채우며 물었다.

"자신이 있으면 이야기 나누기 불편하다고 산책 가셨어요."

수수한 차림의 어여쁜 여인이 소반에 전을 정갈하게 담아 내왔다.

"아이고, 봉 공주님. 오랜만임돠."

"잘 지냈어요? 산달 도사?"

"도사라니 가당치도 않슴돠."

산달은 뒤통수를 긁으며 부끄러워했다.

"슬슬 결론을 내는 게 어떻소?"

"좋든 싫든 그의 그릇을 봐야 하는데 결론을 내릴 건덕지나 있나?"

백두산 야차가 손으로 큼지막한 전 하나를 들어 입에 넣었다.

백두산 백장군은 삼태성 삼형제를 쳐다보았다.

별다른 말은 하지 않았지만 백두산 야차의 말에 수긍하는 눈빛들이었다.

"결론은 났군요."

"제가 내일 소식을 전하고 오겠슴돠."

산달이 젓가락을 들었다.

"그래, 먹자."

"잘 먹겠슴돠."

산달은 맛깔스럽게 생긴 나물을 집어 오물오물 먹었다.

*　　*　　*

봉황전 뒤편.

삼 층 높이의 둥근 전각이 우뚝 솟아 있었다.

또 하나의 환구단(圜丘壇)[6].

천신제, 즉 하늘제사를 지내는 신성한 곳으로 봉황이 봉황궁 다음으로 중히 여기는 장소였다.

북악산 아래 환구단이 일본에 의해 허물어졌어도 이곳만은 지켜냈다.

둥— 둥— 둥— 둥— 둥—

석고(石鼓)에서 신기하게도 웅장한 북소리가 나며 천신제, 환구대제의 시작을 알렸다.

봉은 제단에 오르기 전, 금으로 만들어진 청수에 손을 씻어 몸과 마음을 정갈하게 한 후 조심스럽게 제단 앞에 섰다.

원래 환구단에는 하늘님으로 시작해 여러 신이 모셔져 있어야 했지만, 봉황궁 내의 환구단에 모신 신은 단출하다 못해 썰렁하게 느껴질 정도였다.

가장 상단에 하늘님이 모셔져 있었고, 그 아래 소별왕이 모셔져있었다.

대별왕이나, 일월성신 등 다른 신들의 신위는 없었다.

봉은 하늘님과 소별왕 신위 앞에 무릎을 꿇고 예물과 제물을 바친 후 곡차를 흠향하시게 올렸다.

장엄한 분위기 속에 초헌례(初獻禮), 아헌례(亞獻禮), 종헌례(終獻禮)를 거쳤다.

"음복이옵니다."

서 상선이 신단에 올렸던 곡차를 황금 잔에 담아왔다.

"신(臣)들은?"

"폐하께서 음복을 하신 후 제주를 나눠 음복할 것이옵니다."

봉은 서 상선에게서 잔을 받아들며 시선을 제단 아래로 내렸다.

단 아래에 스물 남짓한 봉황회 주요 신료가 전통 관복을 입고 서 있었다.

봉의 눈빛은 구미호 고미호와 강철이, 삼두일족응에게 잠시 머물렀다가 다시 잔으로 돌아갔다.

"필 군대장은?"

"……준비를 마친 듯하옵니다."

서 상선은 잠시 머뭇거리다가 대답했다.

"단단히 감싸라고 전하시게."

"예."

서 상선이 소리 죽여 대답했다.

그 대답에 봉은 눈동자에서 살기를 지우며 잔을 들어 비웠다.

"……하늘에 고합나이다."

이어 하늘을 향한 축문이 끝나고 봉은 경건하게 축문을 곱게 접었다.

"후우—."

봉은 긴장된 듯 옅은 숨을 내쉬었다.

"부디……."

봉은 고개를 들어 소별왕의 신위를 올려다보며 신력을 이용해 축문에 불을 붙였다.

화르르륵—

축문이 불길에 타올라 하얀 재가 되어 하늘로 날아올랐다.

봉은 하늘로 날아오르는 하얀 재를 올려다보았다.

고오오오—

하얀 재가 하늘에 닿자 하늘이 열렸다.

열린 하늘에서 밝은 빛이 내려와 봉을 비췄다.

"아—."

따뜻하면서도 거대한 기운이 몸을 휘감자 봉은 쾌감을 이기지 못하고 미약한 신음을 흘렸다.

"크윽!"

하지만 쾌감도 잠시.

이어진 극심한 고통에 봉의 눈이 부릅떠졌다.

하늘에서 내려오는 빛은 단순한 빛이 아니었다. 그건 소별왕이 내려준, 그의 권능이 담긴 거룩한 힘이었다. 아무리 봉이 신 중에 신, 천외천의 신수라 하여도 소별왕에 비하면 미천한 존재일 뿐이었다.

그런 그의 힘을 온전히 받아들이는 일은 결코 쉽지 않다.

하지만 이겨내야 한다.

이겨내기만 하면 자신은 다시 성장한다.

진정한 이 땅의 지배자로.

"끄으!"

고통으로 눈가에 핏발이 서고, 온몸에 핏줄이 돋아났다.

『크르르르.』

봉은 짐승의 울음을 토해내며 하늘을 올려다보았다.

그 시선에 응답이라도 하려는 듯 봉의 몸은 바람에 휘말리며 허공으로 올라갔다.

콰지직—

옷가지는 찢어지고 피부는 터져나갔다.

피부 아래 화려한 색을 가진 깃털이 터지듯 튀어나왔다.

『꺄아아아아!』

봉은 그렇게 진신의 모습으로 웅장한 울음을 터트리며 하늘로 솟아올랐다.

펑!

그 울음이 하늘에 닿자 빛 무리가 터졌고, 봉은 마치 블랙홀처럼 터지는 빛을 쫘악 빨아들였다. 봉의 주위로 빛이 은은하게 빛났지만 시간이 흐름에 따라 서서히 봉의 몸으로 스며들었다.

봉은 태양 아래서 날개를 펄럭이며 오연하게 아래를 내려다보았다. 그의 시선이 닿은 곳은 환구단 앞에 모여 있는 신료들이었다.

봉은 진신을 거두며 인간의 모습으로 환구단 앞으로 내려왔다.

"환궁우(皇穹宇)[7]로 신위를 뫼시고, 환궁하시옵소서."

"황."

제천제사에 참여하지 않았던 황이 봉의 부름에 모습을 드러냈다.

"그대가 신위를 잘 합호(閤戶)[8]로 되모시게."

"소녀가 말씀이옵니까?"

"왜, 그대의 손길이 닿아 부정이 탈 것 같아 그러시는가?"

봉은 황을 보며 부드러운 미소를 지어 보였다.

"선례가 없사옵니다."

"그대와 짐이 하나임을 하늘에서도 알 터. 걱정하지 않으셔도 되겠네. 정 못 미더우면 서 상선의 도움을 받으시게."

"신이 뫼시겠습니다."

서 상선이 허리를 숙여 황을 환구단 쪽으로 안내했다.

"회주!"

그 모습에 강철이가 눈살을 찌푸리며 자리에서 한 걸음쯤 나왔다.

"어찌 신성한 제천제사를 손수 마무리하시지 않으신 겁니까?"

"알고 싶으신가?"

봉은 강철이를 지그시 바라보며 입꼬리를 말아 올렸다.

섬뜩한 미소에 강철이의 표정이 슬쩍 굳어졌다.

"그대는 아시는가?"

봉의 시선이 강철이에게서 구미호 고미호에게로 넘어갔다.

고미호의 표정이 딱딱하게 변했다.

"그럼 그대는?"

이번에는 봉의 시선이 삼두일족응에게로 향했다.

"모르시는가?"

봉은 다시 강철이를 바라보며 단을 뚜벅뚜벅 내려가 그의 앞에 섰다.

"회, 회주."

분위기가 급격히 가라앉자 백택이 나섰다.

"맞아. 그대도 있었지."

"……무슨 말씀을 하시는 겁니까?"

백택의 표정이 굳어졌지만 봉은 아랑곳하지 않고 강철이 앞에 섰다.

"회주!"

강철이는 봉의 사나운 기세에 아랑곳하지 않고 대차게 나섰다.

콱!

봉은 그런 강철이의 목을 단번에 틀어쥐었다.

퍼억!

강철이는 두꺼운 팔뚝으로 봉의 팔을 쳐내려 했지만, 마치 단단히 뿌리를 내린 거목을 두들긴 듯 조금도 꿈쩍하지 않았다.

"강 장로."

"끄윽!"

봉이 히죽 웃자 강철이의 입에서 고통에 찬 신음이 흘러나왔다.

"짐이 그리도 싫은가?"

"무, 무슨 소리를……."

"무슨 소리라니."

봉은 강철이를 향해 부드러운 미소를 지어 보였다.

"본인이 싫다는데 보내줘야지."

"보, 봉……."

"저 세상으로."

봉은 왼손으로 손날을 만들어 강철이의 목을 단숨에 쳐냈다.

퍼억!

목이 반쯤 찢기듯 베어지며, 강철이는 뒤로 날아가 바닥에 처박혔다.

『크르르르르!』

강철이는 찢어진 목을 움켜잡으며 자리에서 일어났다.

상처를 감싼 강철이의 손가락 사이로 붉은 기운이 마구 흘러나왔다.

『봉!』

"그래, 그리 나와야지."

『크하아아앙!』

봉은 그런 강철이를 향해 몸을 날렸고, 강철이는 단숨에 진체를 드러냈다.

*용어

1) 천수관음(千手觀音): 천수천안관재보살 혹은 대비관음이라고도 한다. 천개의 손과 천개의 눈을 가지고 있으며 그 눈으로 모든 사람의 괴로움을 보고, 그 손으로 구제하고자 하는 염원을 상징한다.

2) 음양인(陰陽人): 음양인 혹은 남녀한몸(intersex). 남녀추니, 어지자지, 반음양 등 불리기도 하는데, 사람의 한몸에 여성과 남성의 성기를 모두 가지고 있는 이를 말한다.

3) 대동강 맥주: 가장 많이 알려진 북한의 대표적인 맥주. 페일 라거 계열의 맥주라 한다. 보리는 황해도에서, 홉은 양강도에서 직접 재배한 것을 사용한다.

4) 봉학 맥주: 대동강 맥주보다 비싼 고급 맥주이다. 대동강 맥주가 대중적인 맥주인 반면 봉학 맥주는 간부들이 주로 마시는 맥주라 한다.

5) 봉 공주: 백두산 백장군 설화에 등장하는 공주. 우리나라 설화 대부분에서 그렇듯 명확한 이름은 없다. 다만 봉왕의 공주라는 구절이 있어 봉 공주라 작가

가 임의로 지었다.

6) 환구단(圜丘壇): 하늘에 제사를 드리는 제천단(祭天壇). 사적 제157호로 서울 중구 조선호텔 뒤편에 환구단 일부가 남아 있으나 마치 호텔의 부속 정원처럼 보인다. 그 이유는 일제 강점기 때 환구단 일부를 허물고 그 자리에 조선호텔을 지었기 때문이다. 더불어 일본식 정원이라는 말을 들을 만큼 훼손이 되었었다. 다행히 지금은 2013년 경에 일본식 조경을 걷어내고 전통방식으로 복원되었다 한다.

7) 환궁우(皇穹宇): 신위를 모시는 건물.

8) : 합호(閤戸): 신위를 보관하는 함.

11장

강철이는 인간의 껍질을 깨며 거대한 진체로 변했다.

"크하아아앙!"

포효하는 용의 얼굴 아래 집채만 하면서도 매끈한 말의 몸이 드러났다.

파지지직!

검푸른 몸 주위로 불길한 푸른 불꽃이 튀었다.

"크르르르."

분노에 땅을 헤집는 강철이의 다리 주위로 먹구름처럼 생긴 거무튀튀한 안개가 자욱하게 피어났고, 그런 그의 주변으로 뜨거운 열기가 뿜어지고 있었다.

가뭄을 일으키는 이무기.

강철이[1].

"크하아아아앙!"

그가 온전히 진체를 드러내고는 다시금 포효하며 봉을 향해 달려들었다.

콱!

강철이는 거대한 입으로 봉의 머리를 깨물려 했지만, 봉은 유유하게 강철이의 머리를 손으로 짚으며 훌쩍 허공으로 날아올랐다.

콰콱!

강철이는 고개를 위로 젖혀 하늘로 솟아오르는 봉을 시선에서 놓치지 않고 곧바로 뒷다리를 박차며 그를 따라 허공을 뛰어올랐다.

파지직—

강철이는 하늘로 날아오르며 입을 쩍 벌렸다. 그런 그의 입 안에서 시퍼런 번개가 요동쳤다.

"크하아앙!"

살기 짙은 울음과 함께 입에서 한 줄기 벼락이 봉을 향해 쏘아져 나갔다.

콰지지지지직!

번개가 봉의 몸에 직격하자 엄청난 불꽃이 튀며 그를 뒤덮었다.

강철이는 그때를 놓치지 않고 더욱 높이 하늘로 날아올라 봉을 향해 빛살처럼 떨어지듯 덮쳤다.

하지만.

파지지— 파방!

봉을 뒤덮은 불꽃은 단숨에 폭발하듯 터지며 단숨에 사라졌다.

육백 년 전인가, 아니 칠백 년 전이었던가?

강철이가 내뿜는 번개는 여간 까다롭지 않은 데다 조금은 버거웠었다. 허나 이제는 아니었다.

'이 땅을 그대에게 바치겠나이다.'

그리고 소별왕을 대리해 이 땅을 다스리는 것은 자신이리라.

"크크크."

봉은 달라진 신력을 느끼고는 자신을 향해 날아오는 강철이를 보며 낮게 웃음을 터트렸다.

'어리석은 놈.'

웃음에 비웃음이 담겼다.

과거에도 자신에게 안 되었는데, 지금은 오죽할까.

봉은 진체를 드러내지도 않은 채 강철이를 향해 몸을 날려 맞부딪혀 갔다.

"크하악!"

강철이의 입에서 다시 뇌전이 쏟아져 나왔다.

작정하고 내뿜은 것인지 조금 전과 비교도 될 수 없을 정도로 거대하고 굵은 번개였다.

"흐앗!"

봉은 자신을 향해 날아오는 번개를 향해 황금빛 기운이 맺힌 주먹을 휘둘렀다.

파드드드득—

황금빛 신력은 번개를 밀어냈고, 봉은 번개를 뚫고 강철이를 향해 다가갔다.

"크크크."

봉은 강철이와 마주하자 비릿한 웃음을 터트렸지만 이내 착 가라앉은 강철이의 눈동자에 순간 흠칫했다.

"……!"

그 순간 강철이의 몸에서 뿌연 안개가 피어나 봉의 몸을 휘감았다.

그것은 마치, 메마른 사막의 열풍이라고 해야 할까.

뜨거운 열기에 숨이 턱 막혔다.

정작 봉을 섬뜩하게 만든 건 시야를 가린 펄펄 끓는 운무가 아니었다. 그 열기를 뚫고 느껴지는 섬뜩한 냉기 때문이었다.

퍽!

봉의 얼굴로 새하얀 무언가가 살을 베며 지나갔다.

'우박.'

단순히 둥근 우박이 아니었다.

마치 쐐기처럼 뾰족한 얼음송곳이었다.

길다면 길고, 짧다면 짧은 시간.

강철이도 그냥 놀고만 있지 않았다.

평화로움 속, 절대 권좌에서 봉이 평화와 권력을 즐기는 사이 강철이는 칼을 갈아왔음이 분명했다.

'감히 내 품에서!'

봉은 더욱 날카로워진 얼음 쐐기가 수십 수백으로 늘어나자 더 이상 인간의 몸으로 버틸 수 없음을 느끼고 껍질을 부수며 다시 거대한 날개를 가진 진체를 드러냈다.

『고 장로!』

봉이 유일하게 약해지는 순간.

아니 봉을 떠나 인간의 모습을 기반으로 살아가는 신수가 가장 약해지는 순간이 바로 진체를 드러내는 그때였다. 강철이는 그 순간을 놓치지 않고 땅 아래 고미호를 향해 소리를 질렀다.

"……."

고미호는 봉의 기세에 눌려 강철이의 외침에도 순간 머

뭇거렸다.
약육강식이 주는 본능이리라.
더욱이 하늘이 내린 힘을 보았지 않았던가.
"고 장로!"
다급한 외침이 등 뒤에서 터져 나왔다.
바로 삼두일족응이었다.
그의 외침에 고미호는 '아차!' 하며 서둘러 정신을 차리며 도력을 개방했다. 그러자 그녀 뒤로 풍성한 꼬리 아홉 개가 튀어나와 넘실거렸다.
새하얀 기운을 담은 백광이 그녀의 눈에서 뿜어져 나왔다.
고미호는 양손을 들어 도력을 쏟아냈다.
"박(縛)!"
고미호가 뻗은 새하얀 도력은 똬리를 틀며 하얀 새끼줄로 변해 봉의 몸을 휘감았다.
동시에.
"꺄아아아아—."
삼두일족응이 장소(長嘯)를 터트리며 진체로 변해 하늘로 날아올랐다.
"포박했……."
고미호는 새끼줄이 단단히 묶인 것을 느끼자 우박을 쏟아내는 강철이와 봉을 향해 날아오르는 삼두일족응을 향해 소리쳤다.

아니 소리치려 했다.

파바바방!

“꺄아악!”

새끼줄이 단숨에 터져나갔고, 봉을 향해 쏟아지던 우박, 얼음 쐐기들이 거대한 날갯짓 하나에 가루가 되어 사라졌다.

그리고 뿌옇게 그를 뒤덮고 있던 운무도 빠르게 사라졌다.

“이렇게 셋인가? 짐을 향해 반기를 든 이가?”

봉은 인간의 틀을 벗지 않았다.

다만 그의 등 뒤로 황금빛 날개가 활짝 펼쳐져 있었다.

『……반체?』

강철이의 입에서 목소리가 신음처럼 흘러나왔다.

*　　*　　*

호촌 족장집 사랑방.

그 방을 많은 이들이 빼곡하게 채우고 있었다.

해태를 비롯한 사방장군과 암별초 낭장, 용생구자의 애자, 그리고 박현과 조완희, 서기원, 금돼지 일족 종손 최길성, 비형랑, 화랑문의 김월, 한성그룹의 한석민 전무가 자리하고 있었다.

그리고 마지막으로 호족의 족장 호치강과 소족장 호효상이 자리하고 있었다.

박현은 이들의 얼굴을 천천히 둘러보았다.

이렇게 모두 모인 것은 처음이었다.

이들이 자신의 든든한 바탕이 되어줄 이들이었다.

물론 모두의 마음을 사로잡는 전제조건이 필요하지만.

“다 모인 것 같구나.”

해태 역시 이들을 둘러본 후 뿌듯한 눈으로 박현을 쳐다보았다.

그의 말을 시작으로 각자 편하게 차를 마시던 이들의 시선이 박현에게로 모여들었다.

해태도 있고, 용생구자의 애자도 있었지만, 이 자리의 중심은 그들이 아닌 박현임을 다들 알고 있는 까닭이었다.

“이 자리에 모인 이유는 다들 알고 있으니 구구절절 없이 바로 본론으로 넘어가겠습니다.”

박현은 조완희를 쳐다보았다.

“공수는 내려왔어?”

“내일 묘시 초.”

“새벽 다섯 시라.”

박현은 고개를 끄덕였다.

“들었겠지만 내일 새벽 다섯 시에 기맥파폭이 열립니다.”

"그런데 말이야. 확실한 건가?

백두산 야차.

아직 박현을 인정하지 못하겠다는 듯한 모습이었다.

그런 모습에 박현은 개의치 않은 얼굴로 말을 받아주었다.

"확실합니다."

사실 북성의 사방장군들은 반신반의하는 눈치였다.

"그 이유가 저 젊은……, 박수인가?"

백두산 야차는 조완희의 몸에서 흐르는 신기를 느끼며 물었다.

"그렇습니다."

"어느 신을 모시길래 이면의 근간을 알 수 있지?"

백두산 야차는 마치 빈정거리듯 물었다.

"대별왕을 모시고 있습니다."

"누구?"

백두산 야차는 잘못 들은 것이 아닌가 싶어 고개를 살짝 갸웃거리며 반문했다. 그 표정에 조완희는 그저 미소로 그가 잘못 알아들은 것이 아니라는 것을 알려주었다.

"……진짜임꽈?"

둔갑 너구리 산달이 놀란 듯 되물었다.

"맞아야."

서기원.

"믿을 수 없다. 대별왕이 어찌 한낱 박수에게……."

쏴아아아—

조완희는 신력에 저승의 기운을 실어 백두산 야차를 비롯해 사방장군들에게 쏘아 보냈다. 서늘한 저승의 기운에 백두산 야차와 사방장군들의 낯이 굳어졌다.

"이제 믿으시겠습니까?"

조완희는 기운을 거두며 물었다.

"후아—, 기운 한번 진짜 서늘함돠."

"큼."

산달은 호들갑을 떨었고, 백두산 야차는 그래도 뭐가 마음에 안 드는 듯 헛기침으로 은근슬쩍 넘어가는 눈치였다.

"정확한지 아닌지는 내일 새벽에 알아보면 될 것입니다."

박현은 어색해지는 분위기를 다시 본론으로 돌렸다.

"두 팀으로 나눠야겠습니다. 한 팀은 양의 기맥파폭으로 들어오는 이들을 막고, 한 팀은 영약과 기석을 빠르게 수집해야 할 것입니다."

"한두 겹으로는 힘들 텐데."

최길성.

"외각은 우리가 막겠소."

암별초 낭장.

"동이 틀 시각이지만 어둠이 깔린 시간이니 효과적으로 그들을 막을 수 있소. 더욱이 산속이니."

박현은 고개를 돌려 해태를 쳐다보았다.

"왜 나를 보는 게냐?"

해태는 확실히 뒤로 물러난 모습을 보였다.

"그럼 믿고 맡기겠습니다."

"암별초야 믿을 만하지. 암."

암별초 낭장을 향한 백두산 야차의 눈에는 신뢰가 가득했다.

"동서남북은 우리가 맡겠소."

백두산 백장군.

사방장군들이 나서면 말 그대로 끝난 이야기다.

사실 사방장군들이 해태의 그늘에 가려져 외부에 알려지지 않아서 그렇지 엄연한 한 지역의 절대적 지배자이자 수호신들이었다.

모르긴 몰라도 봉황도 이들을 상대하기가 쉽지 않을 것이다.

박현은 그 말에 고개를 저었다.

"죄송합니다. 그 부분은 다른 이들에게 맡기고 싶습니다."

"……?"

"장군들이 나서면 이렇게 모인 의미가 없습니다. 할아버님이나 누님 중 한 분만 나선다면 이렇게 모일 필요도 없었지요."

박현의 말에 숨은 의도를 안 백두산 백장군은 고개를 끄덕이며 호효상과 최길성, 그리고 김월을 쳐다보았다.

"남쪽은 저희가 맡겠습니다."

호효상.

"그럼 우리는 동쪽을 맡을까?"

"저희가 서쪽을 맡죠."

최길성과 김월.

"나는 동쪽이야, 북쪽이야?"

비형랑은 금돼지 일족과 함께해야 할지 아니면 골든 엑스 팀으로 따로 움직여야 할지 애매했다.

"북쪽을 맡아. 서기원과 조완희가 힘을 보태줄 거야."

"선화는?"

"선화는 영물과 기석을 찾아야 해."

이런 면에서 이선화는 일당백이었다.

"그럼 영약과 기석은 채집은 누가 해야?"

문제는 바로 그것이었다.

사랑방이 꽉 차 내심 뿌듯했었지만, 실제적인 일에 들어가니 부족했다.

"직원들을 준비해놨습니다."

한석민.

"평범한 범인들이 할 일이 아닙니다."

"그냥 누나가 막아줄까?"

애자.

박현은 고개를 저었다.

확실히 애자나 사방장군들이 나서면 일은 수월하다.

하지만 아닌 것은 아니었다.

"쉬운 일을 뭘 그렇게 어렵게 풀려고 그러나?"

"쉽다 해도 아닌 길은 아닙니다."

백두산 야차의 말에 박현은 단호하게 말했다.

"형님, 효상아."

박현은 잠시 생각에 잠겼다가 최길성과 호효상을 불렀다.

"예, 주군."

"말해."

"두 일족의 어린 일족을 이용했으면 합니다."

"어린 일족을?"

최길성은 턱을 쓰다듬으며 잠시 고민하는가 싶더니 고개를 끄덕였다.

"나쁘지 않은 생각이야, 동……. 주군."

최길성은 습관처럼 '동생' 이라 부르려다가 자리가 자리인 만큼 얼른 호칭을 고쳤다.

"답답한 녀석들이 좋아하겠습니다."

호효상도 긍정적인 대답을 내놨다.

"안전은 확실히 ……누님이 책임지실 거야."

박현은 애자를 보며 싱긋 미소를 지었다.

"누가? 내가? 왜?"

애자는 손가락으로 자신을 가리켰다.

"부탁합니다, 누님."

"싫어! 애들 돌보는 건 적성에 안 맞아."

애자는 심드렁한 표정으로 가차 없이 거절했다.

박현은 슬쩍 발로 서기원을 애자를 향해 밀었다.

"하루, 온전히 빌려드리겠습니다."

"응? 잉?"

서기원은 어리둥절하게 눈을 껌뻑였다.

"콜!"

덥썩!

애자는 두 손 가득 서기원의 볼살을 잡았다.

"그러니까 왜 내가……."

"샷업!"

애자는 서기원의 볼살을 납작하게 누르며 입을 닫게 만

들었다.

"누나랑 재미있게 놀자."

애자는 한쪽 눈을 감으며 윙크를 날렸다.

"싫어야! 싫어야! 진짜— 싫어야!"

서기원은 손발을 마구 휘저으며 소리쳤다.

*　*　*

봉은 날개를 활짝 편 채 손을 이리저리 움직였다.

"놀랍나?"

봉은 활짝 편 손가락 사이로 강철이를 보며 입꼬리를 말아 올렸다.

"……."

그의 물음에 강철이는 굳은 표정으로 봉을 지그시 노려볼 뿐이었다.

봉의 시선이 삼두일족응과 고미호에게도 이어졌지만 둘 역시 표정만 굳힐 뿐 입을 열지 못했다.

봉은 주먹을 꽉 쥐었다.

단지 주먹만 쥐었을 뿐인데도 진체에 버금가는 힘이 느껴졌다. 물론 그렇다고 반체로 진체의 모든 힘을 끌어낼 수는 없다는 것을 잘 알고 있었다.

하지만.

그것만으로 충분했다.

"짐도 놀라워."

봉은 자신에게 반기를 든 셋을 바라보며 싱긋 웃음을 지어 보였다. 그 웃음 속에 싸늘한 살기가 배어 있었다.

"저치들을 믿고 그러는 것인가?"

봉은 시선은 지상에서 애매하게 대치하고 있는 이들에게로 시선을 내렸다.

확실히 반기를 든 이는 꼬리여우 일족의 팔미호, 노구화호(老嫗化狐)[2]의 연천할매, 불여우[3]의 홍화와 이수약우(異獸若牛)[4]의 일우와 거구귀(巨口鬼)[5]의 산청이었다.

구미호는 여우 일족의 든든한 기둥이니 미호 일족과 노구화호, 불여우 일족이 그녀를 따라 반기를 든 것이었고, 이수약우와 거구귀 또한 강철이를 따랐으니 당연한 결과라 볼 수 있었다.

여우 일족은 수가 많았지만 전반적으로 힘이 약했고, 환과 거구귀 일족은 그 수가 적었지만 소수 정예라 일컬을 수 있을 만큼 강대한 힘을 자랑하는 일족들이었다.

그들이 애매하게 대치하고 있는 건 백택 때문이었다.

"백택."

그 사이 봉은 순간 이러지도 못하고 저러지도 못하는 백택을 향해 눈살을 찌푸리며 그를 불렀다.

"……회주."

"뭐하나? 저 치들을 쳐 죽이지 않고."

자신의 권위를 무엇보다 중히 여기는 봉이었다.

그의 성정을 따지면 당연한 명령이었지만, 그의 눈빛은 평소와 달랐다.

저 눈빛을 본 적이 있었다.

삼족오를 죽이고 권좌에 오른 후 치른 잔혹한 피의 숙청, 그 숙청을 행할 때의 눈빛이었다.

'필방.'

백택은 필방을 떠올렸다.

그때도 봉황의 잔혹한 칼은 다름 아닌 필방이었다.

'이래서 필방을 부른 것이었어.'

아마……, 봉은 이 순간을 기다리고 있었을 것이 분명했다. 애초에 이 상황을 만들었을지도 모른다.

그렇게 봉은 다시 이 땅을 피로 물들일 심사였다.

다시 한번 더, 피로 왕좌의 권위를 끌어올릴 것이다.

봉은 백택을 빤히 내려다보았다.

"가슴이 아프지만 썩은 건 도려내야겠지."

백택은 봉의 눈빛을 피하지 않았다.

"필방!"

봉은 소리 높여 그를 불렀다.

"뿌우우우우―."

"뿌우우우우―."

"뿌우우우우―."

마치 나팔 소리처럼 닷발괴물의 울음소리가 장내에 울려 퍼졌다.

스스스슥―

이내 환구단을 둘러싼 담벼락 위로 액운을 몰고 다니는 재앙의 일족들이 모습을 드러냈다.

"예, 주군!"

필방은 그들 사이로 고고하게 하늘로 떠올라 봉의 명을 받았다.

"반항하는 자들은 모조리 죽이라."

그 명이 마음이 들었는지 필방은 푸른빛이 살짝 도는 검푸른 입술을 혀로 핥았다.

"명을 받자옵나이다."

필방은 몸을 돌려 자신을 따르는 여섯 일족들을 내려다보았다.

흉조, 닷발괴물.

흡정귀, 모랑등롱(牡丹燈籠)[6].

전장의 아귀, 야구자(野狗子)[7].

전염병, 독각귀(獨脚鬼)[8)]

악귀(惡鬼), 그슨새[9)].

마지막으로 흉악한 도깨비, 두억시니.

그들을 보며 필방은 씨익 새하얀 이빨을 드러내며 웃었다.

"반항하는 자들은 모조리 죽이랍신다!"

"크크크크."

"크흐흐흐흐!"

"끼히이이이!"

필방의 하명에 여섯 일족의 수장들은 음침한 웃음을 터트렸다.

"가자!"

야구자의 수장 견두(犬頭)가 단검처럼 날카로운 이빨을 드러내며 환구단 안으로 뛰어들었다. 그것을 시작으로 닷발괴물은 하늘로 날아올랐고, 모랑등롱과 독각귀, 그슨새, 두억시니들도 야구자들에 뒤질세라 안으로 뛰어들었다.

*　　*　　*

그 시각.

"이고 쫌 노꼬 이야기하몬 안 돼야?"

서기원은 찌그러진 입술로 겨우겨우 말을 했다.

"응, 안 돼."

애자는 칼같이 서기원의 부탁을 거절했다.

"이론 게 어뒤 있어야!"

서기원의 발악은 그저 발악일 뿐이었다.

"아— 좋다."

애자는 풀린 눈으로 서기원의 빰을 주물럭거렸다.

"이게 힐링이지, 무엇이 힐링……, 음?"

애자는 갑자기 몰랑몰랑하고 폭신폭신한 서기원의 빰이 손에서 사라지자 눈을 부릅뜨며 음산하게 말했다.

"쓰읍. 얼른 얼굴 가져와라."

하지만 아무런 기척도 소리도 없었다.

"쓰읍! 누나가 좋은 말 할 때. 어라?"

애자는 눈을 부라리며 고개를 돌렸다.

그곳에 서기원은 없었다.

단지 두꺼비상의 얼굴이 방바닥을 뚫고 반쯤 올라와 있을 뿐이었다.

"막내야."

방바닥에서 얼굴을 내민 두꺼비 상의 사내는 용생구자의 아홉째 초도였다.

"막내 아닙니다."

"맞다. 이제 아니지."

"일이 있어 서 두령을 잠시 빌려 갑니다."

그리고는 쏙하고 방바닥으로 사라졌다.

"야! 야!"

뒤늦게 애자가 자리에서 벌떡 일어나 소리쳤지만 이미 초도는 서기원을 데리고 사라진 후였다.

*　　*　　*

필방이 재앙의 일족들을 데리고 피의 잔치를 펼치자 백택의 표정은 더욱 굳어졌다.

선택의 기로에 섰다.

"끄으."

굳게 다문 입술 사이로 신음이 흘러나왔다.

봉을 따른다면 상처뿐인 삶이 될 것이다.

반기를 든다면, 목숨을 장담할 수 없다.

"그대는 썩은 살점인가? 아니면 새살인가?"

필방은 피가 뿌려지는 전장 위에서 붉은 부채를 부치며 백택에게 물었다.

봉황의 잔혹한 칼.

그 칼날답게 필방의 눈웃음은 음침했다.

백택은 고개를 들어 봉을 쳐다보았다.

'그대의 선택은 많은 이들을 살릴 수도 죽일 수도 있소. 잘 생각해 보시기를…….'

암행규찰의 눈을 피해 간밤에 손님이 왔다 갔다.

봉황회에서 볼 줄 몰랐던 손님, 그 손님이 뜬금없는 말을 전하고 사라졌다.

그 말이 이 말일 줄이야.

봉황회 내부에 그의 눈이 닿아 있을 줄은 꿈에도 몰랐었다.

'자네를 보면 답답해. 뭐에 그리 미련이 남는다고…… 미련하다시피 그들 밑에 있누?'

옛날 해태가 했던 말이 떠올랐다.

왜 떠올랐는지 모른다.

그냥 떠올랐다.

해태의 말처럼 미련인가?

미련이라면 미련이리라.

봉황이 언젠가는 날개를 활짝 펴고 창공을 날아 줄 것이라는 믿음 아닌 믿음이었다.

깨진 지 오랜 믿음이었지만, 어쩌면 믿고 싶지 않았을지 모른다.

자신을 속여가면서.

백택은 오랜 기억을 끄집어냈다.

봉황이 자신에게 찾아와 도와 달라 했을 때, 그들은 말했다.

옛 영광을 함께 찾자고 했다.

얼마나 가슴 뛰던 말이던가.

옛 영광.

삼족오가 못 이룬 꿈을 자신이 이루겠노라고.

허나 그 바람은 이뤄지지 않았다.

봉과 황은 절대좌에 오르자 그 자리에 안주했고, 치욕의 역사마저 썼다. 허나 백택은 꿋꿋하게 아래를 보듬으며 회를 꾸려갔다.

해태에게서 입은 은혜를 떠나 박현이라는 아이의 정체를 감추는 소심한 반기를 들었는지 모른다.

'그 아이에게 내 모든 것을 줄 것이야.'

해태가 한 말.

"주군!"

암행규찰 흑두령 암적이 백택의 상념을 깼다.

"어찌하오리까."

그 사이 환구단은 피로 점철된 아수라장으로 변하고 있었다.

백택은 이를 악물고 봉을 올려다보았다. 그리고 시선을 내려 필방과 눈을 마주쳤다.

"규찰들은?"

"모두 준비를 마쳤습니다."

"재앙의 일족을 막으라."

"……."

암적은 놀라 백택을 쳐다보았다.

그 시선에 백택의 굳은 눈빛은 변하지 않았다.

"명!"

암적은 백택을 잠시 쳐다보다 희미한 미소를 언뜻 지으며 군례를 취했다. 그리고 규찰들에게 명을 내렸다.

"규찰들은 재앙의 일족들을 막으랏!"

암적 어둠을 풀풀 풀어헤치며 명했다.

"명!"

"명!"

그 명에 사방의 어둠 속에서 복명이 터져나왔다.

"크크크크, 크하하하하!"

필방은 그 모습에 웃음을 터트렸다.

"좋은 선택이야. 왜냐하면 나는 애초에 네놈이 마음에 안 들었거든."

필방의 모습이 그 자리에서 사라졌다.

쾅!

백택의 신형이 어느 충격에 휩쓸려 뒤로 주르르 밀려났

다. 그리고 백택이 서 있던 장소에 필방이 서 있었다.

"나 역시, 네 녀석이 마음에 들지 않았다."

쿠구구구구구—

백택은 곧장 진체를 드러내며 짙은 투기를 뿜어냈고, 그에 맞서 필방도 인간의 육신을 찢으며 하늘로 날아올랐다.

*　　*　　*

환란의 한복판.

"꺄아아악!"

팔미호 미랑이 피를 뿌리며 뒤로 날아갔다.

"네년의 몸뚱이가 맛있어 보이는구나. 낄낄낄."

두억시니 대두령 흑개가 가시가 돋은 쇠도리깨를 혀로 핥으며 음탕한 눈으로 미랑의 몸을 훑었다.

"네, 네놈이 어떻게 여기에……."

수백 년을 쫓았지만 흔적을 찾을 수 없던 악귀 중에 악귀인 두억시니들의 왕 흑개를 보자 미랑의 눈이 파르르 떨렸다.

"……설마!"

필방, 그리고 그를 따르는 재앙의 일족.

모든 것이 한눈에 그려졌다.

두억시니 암적을 비롯해 악귀들의 수장들을 찾을 수 없었던 건……, 봉황과 필방의 비호 아래 있었으니 애초에 찾을 수가 없었던 것이었다.

"이제야 알았느냐? 드디어 네년의 몸뚱아리의 맛을 볼 수 있겠구나!"

흑개는 얼굴에 난 긴 상처를 손가락으로 툭툭 가리키며 이죽거렸다.

"지랄 까고 있네."

미랑은 자리에서 일어나 모든 꼬리를 드러냈다.

"네놈의 목을 오늘 따주마! 이 개새끼야!"

미랑은 양손을 들어 바닥을 내려찍었다.

쿵!

두억시니 대두령 흑개의 주위로 가시덤불이 튀어나와 그의 몸을 휘감았다.

"이년아, 내가 옛날의 나인 줄 아느냐?"

가시덤불을 가볍게 피한 흑개는 미랑의 배를 향해 쇠도리깨를 휘둘렀다.

퍼억—

"꺄아아아—."

미랑은 그 충격에 피를 토하며 뒤로 날았다.

바닥에 검은 원이 만들어지고 서기원이 튕겨져 나왔다.

"음메."

깨금발을 디디며 균형을 잡은 서기원은 코끝을 찌르는 피비린내에 눈을 동그랗게 떴다.

"뭔 일이어야. 음메야!"

서기원은 자신을 향해 날아오는 미랑을 엉겁결에 안아들었다.

"미, 미랑이야?"

"이 새끼, 어디 갔다……, 쿨럭! 이제 온 거야?"

"뭔 일이어야?"

서기원은 다친 미랑이를 보자 지독한 투기를 내뿜으며 고개를 들어 성큼성큼 걸어오는 이를 쳐다보았다.

"어라리야. 너는?"

두억시니 대두령 흑개.

서기원의 눈매가 꿈틀거렸다.

"저 새끼, 봉의 그늘 아래에 있었단다. 그래서 못 잡은 거고."

"봉?"

서기원은 고개를 들어 봉을 쳐다보았다.

"필방?"

그리고 필방도 발견했다.

"그랬었어야. 그랬던 것이어야."

서기원은 미랑이를 편하게 앉히며 자리에서 일어났다.

"좀 쉬어야."

넉살 좋은 눈웃음을 지은 후 서기원은 시퍼런 눈빛을 띠며 사방을 쳐다보았다.

미랑을 따르는 암행어사들이 고군분투를 하고 있었지만 수적 열세를 이기지 못하고 피를 뿌리며 쓰러지고 있었다.

비록 자신을 따르는 암행어사들은 아닐지라도.

"네놈들이 감히 우리 암행어사들을 향해 칼을 들이밀어야! 뒈졌어야!"

서기원은 쇠도리깨를 움켜잡았다.

『암행단은 모두 들어야! 암행들은 이 시간 이후로 저 잡것들을 모조리 때려잡아 죽여 버려야!』

서기원의 신력이 담긴 쩌렁쩌렁한 목소리가 환구단을 넘어 봉황회로 퍼져나갔다.

서기원의 신형이 그 자리에서 사라졌다.

"잡것들이!"

서기원의 눈에 핏발이 섰다.

"죽고 싶어 환장을 했어야!"

퍽!

서기원이 쇠도리깨로 어린 여우 꼬리 일족의 삼미호를

죽이려는 두억시니의 머리통을 부수며 고개를 돌렸다.

동족이 죽었지만 눈 하나 껌뻑이지 않고 히죽 웃음을 짓고 있는 흑개와 눈이 마주쳤다.

"니는 오늘이 젯밥 먹는 날이 될 것이어야."

"네가? 네가 나를? 크하하하하!"

흑개는 광소를 터트렸다.

쿠오오오오오오오!

서기원은 숨긴 힘을 폭사시켰다.

대별왕이 내려주신 기맥파폭을 온전히 흡수한 그 힘, 그 힘을!

분노와 함께 터트렸다.

"크허엉!"

서기원은 울음 같은 기합을 터트렸다.

그런 서기원 뒤로 도깨비의 시조이자 거룩한 왕, 치우[10]의 그림자가 희미하게 맺혔다 사라졌다.

*용어

1) 강철이: 외형은 전형적인 이무기의 모습에서부터 다른 모습까지 구전과 기록 등이 서로 상이하다. 해서 본 소설에서는 앞서 강철이를 소개한 '이덕무의 양엽기' 의 모습을 차용했으며, 능력은 '양엽기' 와 '이익의 성호사설' 에서 적절한 것을 뽑아 사용했다.

2) 노구화호(老嫗化狐): 둔갑형 여우로 삼국사기와 성호사설에 따르면 여우가 아름다운 처녀가 아닌 늙은 할머니로 변하는 것이 특이하다. 하지만 남녀노소를 가리지 않고 친근한 할머니 모습으로 강한 호감을 준다 한다. 여러 가지 도술과 잔꾀에 능하다 하다.

3) 불여우: 구미호, 백여우와 더불어 한국 설화에서 많이 등장하는 여우 요괴이다. 불여우에서 '불' 자는 불 화(火)가 아닌 붉을 적(赤)인 붉다의 '붉' 자가 붙은 호칭이다. 흔히 오십 년을 묵으면 불여우가 되고 백 년을 묵으면 백여우, 이후 구미호가 된다는 설화가 있으나 이는 후대에 덧붙여진 설정이라 보는 게 정설이다. 불여우에 관한 설화가 여럿 있으나 대부분 백여우와 비슷한 설화도 있어 딱히 구분이 지어지지 않는다.

4) 이수약우(異獸若牛): 코와 꼬리가 길어 소나 코끼리와 비슷하게 생겼으나 몸집이 더욱 크며 몸통 역시 길다. 첫 목격담은 삼국사기 기록이다.

5) 거구귀(巨口鬼): 윗입술이 하늘에 닿고 아랫입술이 땅에 닿을 정도로 입이 아주 큰 요괴이다. 신숙주와의 설화를 보면 요괴보다는 수호신에 가까운 행동 양식을 보인다. 거구귀는 평소 청의동자의 모습으로 비범한 이를 도운다 한다.

6) 모랑등롱(牡丹燈籠): 밤거리에 등을 들고 다니는 미녀의 모습을 한 흡정귀다. 미녀의 모습으로 남자들을 유혹해 정기를 빨아들여 죽이거나 중병에 들게 하는 역귀다. 모란등롱은 중국, 일본뿐만 아니라 우리나라까지 동아시아에 걸쳐 알려진 존재다. 우리나라에서는 '어우야담' 에 모란등롱에 관한 설화가 실려 있다.

7) 야구자(野狗子]): 야구자는 사람의 몸에 개의 머리를 하고 있는 중국 요괴다. 보통 전장에 많이 출몰하는 요괴로 인간의 뇌를 먹는다. 이빨이 매우 길고 예리하며, 울음소리는 올빼미 울음소리와 비슷하다 한다.

8) 독각귀(獨脚鬼): 도롱이를 입고 삿갓을 쓴 외다리 귀신이다. 얼굴은 넓적하며 불처럼 이글거리는 눈빛을

띠며, 몸에서 심한 비린내가 난다 한다. 또한 사람에게 병을 옮기고 음탕한 짓을 하는 역신이다. 독각귀는 중국과 일본에서도 전해지는데 용, 구미호와 달리 각 나라마다 특징이나 능력이 상당히 상이하다.

9) 그슨새: 짚으로 만든 우장(우비)을 쓴 모습을 하고 있으며, 사람을 홀려 자살하게 만드는 제주의 대표적인 토박이 악귀이다.

10) 치우: 치우천왕. 치우는 동이족 구려국에서 내려오는 전쟁의 신이자 승리의 상징이었다. 이 신이 구전되면서 악귀를 쫓는 도깨비가 되었다 한다. 이 부분에 대해서 여러 의견이 분분하지만, 본 글에서는 이를 차용하기로 하였다.

12장

필방에 재앙의 일족까지.

상황은 급격히 안 좋게 변했다.

환구단 안에서도 문제지만, 필방의 성격상 환구단 밖, 봉황궁 안에서도 대대적인 피의 숙청 작업을 하고 있을 것이 분명했다.

'젠장!'

어디서부터 꼬였는지 감조차 오지 않는다.

그 말은 곧 자신의 역량이 이 정도라는 말.

자존심이 상했지만, 그보다 중요한 것은 바로 지금이었다.

어차피 돌아갈 수 없는 강을 지났다.

그렇다면.

'죽여야 해.'

반드시.

그리고 최대한 빨리.

그래야 자신이 살고, 수하들이 하나라도 더 살 수 있었다.

강철이는 빠르게 고미호와 삼두일족응과 시선을 주고받았다. 다행히 그들도 같은 생각인 듯 눈빛은 결연에 차 있었다.

'죽인다! 죽인다!'

살기는 더욱 짙어져 갔다.

"크하아아앙!"

이어 강철이는 살기를 담아 포효하며 봉을 향해 달려들었다.

등에 날개만 달렸다면 하늘의 말, 천마(天馬)가 아닐까 할 정도로 고고하게 허공을 밟으며 봉을 향해 번개를 쏘아 보냈다.

파지지직!

시퍼런 번개가 수십 마리의 독사처럼 봉을 휘감았다.

동시에 봉의 활짝 펼쳐진 날개가 휘감기듯 반체를 감쌌다.

강철이는 봉이 자신의 공격을 완벽하게 막아냈음을 깨닫고는 재빨리 몸 주위로 안개를 일으켰다.

"박!"

그때 고미호가 나섰다.

그녀는 단숨에 허공을 날아올라 봉의 뒤를 점하며 신력으로 만들어진 새끼줄로 봉의 몸을 칭칭 에워 감쌌다.

"지금!"

"쿠하아아—."

강철이는 안개 속에서 얼음 쐐기를 봉을 향해 날려 보냈다.

"꺄아아아아—!"

그러자 삼두일족응이 바람처럼 날아들어 커다란 날개를 활짝 펼쳤다.

세 머리 중 하나의 머리, 눈동자에서 하얀 신광(神光)이 터져 나왔다.

풍(風).

삼두일족응이 날갯짓을 한 번 하자 마치 태풍처럼 강력한 바람이 불어 봉을 향해 날아가는 얼음 쐐기를 더욱 빠르고 날카롭게 만들었다.

콰과과과곽— 콰가각!

얼음 쐐기는 무섭도록 봉의 날개를 두들기기 시작했다.

"쿠하아아—!"

풍—

강철이와 삼두일족응은 한 차례 더 얼음쐐기를 날렸고, 바람으로 더욱 강하게 힘을 실었다.

하지만 봉의 단단한 날개는 깨지지 않았다.

그때 삼두일족응의 눈에 단단한 날개 깃털에 파리한 살얼음이 낀 것이 보였다.

『한 번 더 준비하시오.』

"꺄아아—."

삼두일족응은 날갯짓으로 조금 더 높이 올라간 후 포효했다. 다른 머리의 눈에서 붉은 신광이 터졌다.

화(火).

삼두일족응의 날갯짓에 거대한 불길이 만들어져 봉을 뒤덮었다.

파즈즈즈즈즈— 파즈즉—

얼음보다 차가워진 깃털에 화염이 닿자 급격한 온도 차이를 이기지 못하고 봉의 깃털이 조금씩 바스러지기 시작했다. 하지만 단단한 날개를 부수기에는 부족함이 없지 않았다.

"열화(熱火)!"

부족한 부분을 채워준 것이 고미호였다.

고미호는 눈에서 신광을 풀풀 흘리며 힘을 쥐어짜내 봉을 향해 신력을 쏘아 보냈다. 새하얀 신력이 주황빛으로 변하더니 이내 이글거리는 불로 변해 봉을 휘감았다.

파작— 파자자작!

부족함이 채워지자 봉의 날개 깃털이 서서히 바스러지며 검은 재가 되어 사라져갔다.

"강 장로!"

삼두일족응은 때가 되었다 여기자 불을 거두며 소리쳤다.

"쿠하아아—."

강철이는 기다렸다는 듯이 더욱 크고 날카로운 얼음 쐐기를 봉을 향해 쏘아 보냈다.

화염에 붉게 달아오르고 타 검게 변한 날개 위로 강철이의 얼음 쐐기가 폭사되는 그때였다.

봉이 그 자리에서 팽그르 돌며 날개를 활짝 펼쳤다.

콰드드드드드득—

허무하리만큼 얼음 쐐기는 봉의 날개에 부딪히며 산산이 조각나며 사방으로 비산했다.

"……!"

"……!"

"……!"

누가 먼저라고 할 것도 없이 세 장로의 눈이 부릅떠졌다.

비록 날개 깃털이 그들의 공격에 부서져 내렸지만 그게 다였다.

"다 놀았나?"

봉은 양손을 활짝 펼치며 싱긋 웃음을 지었다.

하지만 눈은 차갑게 번들거리고 있었고, 살기는 더욱 짙어져 갔다.

그때였다.

"크허엉!"

등골을 오싹하게 만드는 엄청난 신력이 담긴 포효가 터져 나왔다.

가장 먼저 반응한 건 봉이었다.

봉은 시선을 내려 울음이 터진 곳을 내려다보았다.

그곳에 한 도깨비가 서 있었다.

암행단 두령으로 이름까지 기억이 나지는 않았다.

그저 세 두령 중 하나라는 것만 기억하고 있었다.

임명이야 자기 이름으로 하지만 백택이 전반적으로 회를 이끌어가고 있었으니 그럴 만도 했다.

문제는 그의 정체가 아니었다.

방금 자신의 등골을 오싹하게 만든 울음이었다.

봉은 눈매를 가늘게 만들며 암행단 두령 도깨비, 서기원을 내려다보았다.

'착각인가?'

아무리 살펴봐도 서기원은 천외천의 급은 아니었다.

천급.

물론 천급에서도 극에 달한 듯했지만 그렇다고 하여도 천급과 천외천 사이에는 건널 수 없는 벽이 존재했다.

'착각이군.'

봉의 시야에 서기원 위로 치열하게 싸움을 펼치는 백택과 필방의 모습이 보였다. 아마 저 둘의 기운을 마침 터진 포효와 뒤섞여 착각한 것이 분명했다.

쾅!

그 사이 봉의 가슴으로 묵직한 기운이 터졌다.

"크윽!"

봉은 고통이 든 신음을 토하며 주춤 뒤로 밀려났다.

삼두일족응.

"크크크크."

봉은 다시 짙은 살기를 터트리며 삼두일족응을 향해 날아갔다.

* * *

"내 찹쌀떡 돌려줘!"

애자는 방문을 벌컥 열며 소리쳤다.

박현은 잠자리에 들기 전 숙면을 위해 카모마일 차를 마시다 고개를 갸웃거리며 애자를 쳐다보았다.

“찹쌀떡?”

“귀염둥이!”

그녀가 말하는 찹쌀떡은 서기원이었다.

“어디 갔습니까?”

“네가 데리고 간 거 아니야?”

“아닙니다만.”

“진짜야?”

애자는 못 믿겠다는 듯 눈을 부릅뜨며 방 안을 휙휙 살폈다.

방 안은 단출했고, 그 큰 덩치가 숨을 데가 있을까 싶지만 애자는 방 안까지 들어와 이곳저곳을 샅샅이 뒤졌다.

“어디로 데려간 거야!”

애자는 마치 달콤한 사탕이라도 빼앗긴 아이처럼 양손을 부들부들 떨며 소리쳤다.

“쯧.”

박현은 철없는 애자의 모습에 나직하게 혀를 찼다.

“어디로 데려갔어?”

애자는 박현의 멱살을 잡으며 소리쳤다.

"진짜 아니야?"

"도대체 어디로 갔길래 여기에 와서 이럽니까?"

"막내가 데려갔어."

"막내? 초도 형님?"

"그래!"

애자의 대답에 박현이 미간을 슬쩍 좁혔다.

"무슨 일이랍니까?"

어지간하면 봉황회에서 발을 떼지 않는 그가 서기원을 데려갔다?

"몰라!"

애자는 허망한 표정을 짓더니 삐쳤다고 홱 고개를 돌렸다.

"그래도 뭐라고 하고 데려갔을 거 아닙니까?"

"급하다고 데려갔어."

"그게 답니까?"

"그게 다야."

그냥 데려갔을 리 없다.

더욱이 내일 새벽, 기맥파폭이 있으니 그만큼 봉황회 내에 다급한 일이 생긴 것이 분명했다.

'도대체 무슨 일이지?'

"내 찹살떡~!"

애자의 절절한 절규가 박현의 귓가를 마구 후비듯 파고 들었다.

박현은 조용히 신력으로 귀를 닫으며 고민에 잠겼다.

*　　*　　*

쾅!

공기마저 찢어버릴 것 같은 주먹이 강철이의 머리에 내려찍혔다.

콰앙—

강철이는 힘없이 바닥으로 처박혔다.

"크윽—, 쿨럭!"

강철이는 피를 토하며 고개를 다시 봉이 있는 하늘로 들어올렸다.

"꺄아악!"

그 순간 고미호는 몇 바가지는 될 법한 피를 허공에서 뿌리며 처박혔다.

"꺼어억!"

고미호의 팔다리는 부러진 듯 부자연스럽게 꺾여 있었고, 배에서는 피가 꾸역꾸역 흐르고 있었다.

강철이는 부들부들 떨리는 네 다리에 힘을 줘 힘겹게 자리에서 일어났다.

강철이의 눈이 날개 하나가 꺾여 겨우 숨결만 붙어 있는 삼두일족응에 머물렀다.

'젠장!'

강철이는 입술에 피가 배어 나오도록 깨물었다.

"언니!"

그 와중에 상처투성이의 팔미호 미랑이 고미호에게 다가가 그녀를 부축했다.

"언니!"

미랑은 간헐적으로 떠는 고미호를 부둥켜안으며 울음을 터트렸다.

강철이는 고개를 돌려 주변을 살폈다.

붉은 피가 바닥을 적시고 있었다.

자신의 편에 서서 피를 흘린 이도 있었고, 어정쩡하게 편을 들지 못해 죽어나가는 이도 있었고, 필방과 재앙의 일족에 편에 서서 피를 뿌리는 이들도 있었다.

그래도 아직 죽은 이들은 많지 않아 보였다.

'어차피 상관없는 일인가?'

강철이는 고개를 올렸다.

백택과 필방이 서로 피투성이가 된 채 막상막하의 공방을 주고받고 있었다.

강철이는 그들을 지나쳐 봉을 쳐다보았다.

태양을 등지고 천사처럼 떠 있는 봉이 눈에 들어왔다.

그 역시 날개 일부가 터져나가고 탔지만 여전히 온전한 모습을 유지하고 있었다.

소별왕의 축복.

그 축복이 이처럼 큰 차이를 보일 줄이야.

이럴 줄 알았으면 미리 선수를 한 번 쳐보는 건데 그랬다.

뭐 이제 와선 의미 없는 생각이기는 했지만.

『저세상에서 봅시다.』

강철이는 입가에 흐르는 피를 털어내며 삼두일족응을 쳐다보았다.

피를 토하며 쿨럭이는 삼두일족응은 슬픈 미소를 보였다.

『죽어도 이렇게 죽을 수 없지.』

"쿠허어어엉!"

강철이는 울음을 토하며 다시 하늘로 솟아올랐다.

아니 솟아오르려 했다.

《살기를 바라는가? 원하면 고개를 끄덕이라.》

『…….』

귓속으로 파고드는 은밀한 전음에 강철이의 눈이 부릅떠졌다.

『내게 뭘 바라는 거지?』

《주군에 대한 절대적 충성.》

『또 누군가의 밑으로 가라고? 흥미가 없군.』

《봉을 죽이고 싶지 않나?》

『크크…… 쿨럭! 크크크!』

강철이는 피를 토하면서도 웃음을 멈추지 않았다.

『약속 지켜.』

강철이는 고개를 끄덕였다.

푹—

그 순간 그의 발아래 검은 그림자가 만들어졌고, 강철이의 신형은 그 자리에서 툭 떨어지며 사라졌다.

그것이 시작이었다.

푹— 푹— 푹—

고미호와 미랑, 그리고 삼두일족응을 시작으로 그들과 관련된 이들이 검은 그림자에 삼켜지듯 사라지기 시작했다.

마지막으로—.

"크으."

두억시니 대두령 흑개는 비틀거리며 뒤로 밀려났다. 그런 흑개의 반쯤 부러진 뿔에서 거무튀튀한 신기가 풀풀 새어나가고 있었다.

"네, 네놈이……."

흑개는 믿을 수 없다는 표정을 지었다.

고작 도깨비 주제에.

고작 두령 따위가.

자신을 압박하는 것으로도 모자라 두억시니의 자존심인 뿔 하나를 반쯤 부수다니.

"갈가리 찢어 먹어버리겠다!"

흑개는 다시 서기원을 향해 몸을 훌쩍 날려 쇠 가시도리깨를 휘둘러왔다.

퍽-

허나 서기원은 힘으로 가시도리깨를 쇠도리깨로 밀어버린 후 발을 차올려 흑개의 머리를 후려쳤다.

"어디서 깝죽이어야. 오늘 뒈졌어! 어!"

서기원은 쇠도리깨를 빙빙 돌리며 흑개에게 다가갔다.

"이 새끼!"

"새끼, 새끼 하지 마야. 듣는 새끼 기분 나빠야."

서기원은 쇠도리깨를 번쩍 들어올려 크게 내려찍었다. 아니 내려찍으려 했다.

푹—

서기원의 몸이 땅 아래로 푹 꺼졌다.

"이러는 게 어디 있어야! 저놈 내 손으로 아작을 내

야…… 꼬로록!”

*　　*　　*

“……!”

강철이를 내려다보는 봉의 비릿한 조소가 담긴 미소가 순간 사라졌다.

마치 늪에 빠지듯, 아니 깊은 구덩이에 떨어지듯 강철이가 그 자리에서 사라진 것이었다.

단지 그건 시작일 뿐이었다.

그를 시작으로 고미호와 삼두일족응, 그들을 따르는 일족의 수장을 비롯해, 백택과 암행규찰들마저 속속 땅속으로 사라졌다.

한순간이었다.

그들을 집어삼킨 검은 구덩이에서 깊이를 알 수 없는 거대한 기운이 느껴졌다.

흐릿하지만 그건 분명 신기였다.

불가사의한 자연의 현상이 아니었다.

‘누구냐!’

봉은 날개를 접고 떨어지듯 검은 구덩이로 뛰어내렸다.

쿵!

간발의 차이로 검은 구덩이가 사라지고 그 자리에 봉이 내려섰다.

봉의 눈이 빠르게 주변을 살폈다.

그리고 필방과 대치 중인 백택이 몇 걸음 물러나더니 봉과 눈을 마주했다.

이어 씩 웃으며 입을 열었다.

"전장에서 뵙겠습니다."

그 말을 끝으로 백택 또한 그 자리에서 사라졌다.

"필방!"

봉은 잠시 놀라 정신을 차리지 못하는 필방을 소리쳐 불렀다.

백택이 사라지고 나서야 필방은 주변 상황을 파악해나갔다.

"……주군."

백택뿐만 아니라 죽어야 할 이의 상당수가 이미 사라지고 없었다.

"궁내, 궁내를 점검하라! 당장!"

단순히 환구단 내에서만 이런 일이 벌어졌을까?

아니다.

필방도 같은 생각인지 빠르게 재앙의 일족을 이끌고 환구단을 나가 봉황궁 궁내로 사라졌다.

분노로 인해 봉의 가슴은 눈에 띄게 오르락내리락하며 거친 숨을 쉬었다.

그런 그의 머릿속에 검은 구덩이 아래에서 자신을 쳐다보던 눈 한 쌍이 떠올랐다.

무심한 눈.

일말의 감정조차 보이지 않는 눈빛이 더욱 그를 화나게 만들었다.

“으아아아아!”

봉은 결국 분노를 참지 못하고 고함을 내질렀다.

쿵! 쿵! 쿵!

봉의 눈치를 살피며 어정쩡하게 서 있는 신료들은 그의 분노에 몸을 바르르 떨었다. 누구 하나가 바닥에 바싹 엎드리자 이어 모든 이들이 살기 위해 피가 흥건한 바닥에 몸을 바싹 엎드렸다.

*　　　*　　　*

“일단 차 한 잔 하세요.”

박현은 겨우 애자를 달래 의자에 앉힌 후 우린 카모마일 차를 따라주었다.

“달링도 없고, 찹쌀떡도 없고. 하아—.”

그녀의 목소리는 우울 그 자체였다.

"형님이 데려갔으니 곧 오겠……. 음?"

발밑에서 은밀하지만 신력이 느껴져 재빨리 고개를 아래로 내렸다. 박현이 앉아 있는 의자 아래로 검은 원이 그려져 있었다.

푹―

박현의 몸은 의자와 함께 바닥 아래로 툭 떨어져 내렸다.

마치 바닥이 없는 아래로 곤두박질치는 듯 아찔함이 박현을 뒤덮었다.

박현은 재빨리 신력을 끌어올리며 고개를 위로 들었다.

자신이 서 있던 방 안이 급격히 멀어지고 있었다. 1m나 될 법한 둥근 원 중앙에 애자의 얼굴이 보였지만 이내 그 원도 좁아지며 메워졌다.

박현은 주변을 살피며 발아래로 시선을 내렸다.

보이는 건 까마득한 어둠뿐이었다.

어둠뿐이니 자신이 얼마나 아래로 떨어지는지 감조차 잡히지 않았다.

긴장감이 팽팽해졌을 즈음 문득 한 인물이 떠올랐다.

초도.

박현은 이내 피식 웃으며 팔짱을 끼고 편히 앉아 바닥에 내려앉을 때를 기다렸다.

《첫, 재미없는 놈.》

그러자 곧 초도의 목소리가 머릿속을 울렸다.

그 목소리에 눈을 뜨자 발아래에 하얀 원이 파동을 그려내고 있었다.

쿵!

그리고 박현의 몸은 하얀 원을 지나 바닥에 툭 떨어졌다.

"왔어?"

초도가 큼지막한 입으로 미소를 지으며 인사했다.

그 옆에는 뭔가 단단히 삐친 듯 서기원이 팔짱을 낀 채 초도 반대편으로 고개를 홱 돌리고 앉아 있었다.

"왔어야."

서기원은 가볍게 손을 슬쩍 들어 보이고는 다시 팔짱을 꼈다.

"색다른 초대네요."

박현은 인사를 하며 방 안을 둘러보았다.

뭐라고 할까, 창문 하나 없는 흡사 동굴 같은 느낌의 방은 단출했다.

그런데 흙이라기보다는 좀 더 단단한 느낌이었고, 돌이라고 하기에는 뭔가 물러 보였다. 그러고 보니 벽이나 바닥이나 천장이나, 심지어는 탁자나 의자도 명암의 차이만 있을 뿐 같은 재질이었다.

박현은 호기심에 손을 스윽 뻗어 탁자를 쓰다듬었다.

'뭐지?'

확실히 흙이나 나무, 돌은 아니었다.

《히끅! 히힉!》

박현이 손톱으로 탁자를 살살 긁자 동굴 속 저음의 울리는 목소리가 들렸다.

"……?"

《가, 간~지~~럽~다~~~~.》

답답하다.

간단한 저 말을 끝마치기까지 십여 초는 훌쩍 넘는 듯싶었다.

"누구?"

《나~~~는~~~~.》

고작 한 마디인데 목이 꽉 막힌 듯 가슴이 답답했다.

《귀~~~~~~~수~~~~~~~~~.》

문제는 갈수록 그 말이 더욱 늘어진다는 것이었다.

콰당!

문이 활짝 열리며 팔미호 미랑이 뛰어들어 왔다.

"귀수산(龜首山)[1)]! 귀수산이에요!"

미랑은 속사포처럼 말을 내뱉었다.

"귀수산?"

《~~~~~~~~~산.》

한 박자 늦게 동굴의 저음이 말을 마쳤다.

《그~~~리~~~~고~~~~~~~, 나~~~~~~~.》

"나는 초도의 친구다."

미랑.

《~~~~~~는 초~~~~. 음~~~~~~~. 이~~~~곳~~~~~~.》

"이곳은 귀수산 등껍질 안이에요."

《나~~~의~~~~~~ 껍~~~~~~~.》

마치 냉탕과 온탕을 오가듯 시원함과 답답함이 연속으로 이어졌다.

《나~~~~~~~.》

"나의 집이자 친구 초도의 보금자리에 온 것을 환영한답니다."

《내~~~~~~~~.》

"내 집이라 생각하고 편히 쉬랍니다."

귀수산과 미랑의 말을 번갈아 듣는 박현은 잠시 이 상황에 눈을 껌뻑이며 초도를 쳐다보았다.

"다들 느림의 미학을 몰라."

초도는 고개를 절레절레 저었지만 서기원은 가쁜 숨을 몰아쉬며 미랑을 향해 엄지손가락을 치켜세우고 있었다.

"어쨌든 내 친우인 귀수산이다."

《 만~~~~~~~~~~나~~~~~~~~~~서~~~~~~~~~~~~~~.》

"끄으."

서기원의 얼굴이 붉어졌고, 미랑은 다급히 입을 열었다.

"반갑다 합니다!"

박현은 귀수산이 아닌 미랑을 쳐다보며 어색하게 입을 열었다.

"반갑습니다. 박현이라고 합니다."

"좀 쉬어."

《 오~~~랜~~~만~~~에~~~~ 말~~~을~~~많~~~이~~~~ 해~~~서~~~~ 그~~~런~~~지~~~~ 피~~~곤~~~하~~~구~~~~. 하~~~~~~암~~~~~~.》

초도의 말에 귀수산의 목소리는 하품을 끝으로 끝났다.

"후아—."

"헉헉헉!"

서기원은 급격히 숨을 터트렸고, 미랑은 거칠게 숨을 몰아쉬었다.

뭐 답답한 감이 없진 않지만 그렇게 숨을 몰아쉴 정도로 답답할 정도인가 싶었다. 말도 못 하고 그저 가슴을 툭툭 치는 것을 보면 둘은 아닌 듯싶었다.

"재미난 친구를 두셨네요."

《 내~~~가~~~~ 재~~~미~~~있~~~다~~~고~~~~ 한~~~~ 건~~~~ 네~~~가~~~~ 두~~~~ 번~~~째~~~군~~~~. 역~~~시~~~~친~~~구~~~의~~~~ 동~~~생~~~이~~~야~~~~》.

끼익—

미랑이 박차고 나온 문이 다시 활짝 열리고 말끔한 정장 차림의 백택이 허겁지겁 나와 고개를 좌우로 흔들며 목으로 손을 가져가며 마구 흔들었다.

자르라는 말.

"……피곤하실 텐데 편히 쉬십시오."

박현은 백택을 쳐다보며 일단 인사했다.

《 그~~~래~~~~, 그~~~대~~~도~~~~ 푹~~~~ 쉬~~~게~~~~. 만~~~나~~~서~~~~ 반~~~가~~~웠~~~네~~~~.》

길고 긴 귀수산의 말이 끝나고.

"하아—."

백택은 한숨을 내쉬며 고개를 절레절레 저었다.

후다닥— 콰당탕탕!

서기원이 용수철처럼 튀어나와 박현의 멱살을 잡고 흔들었다.

"진정 죽고 잡아야?"

"어이."

"너 여럿 죽일 뻔한 거 알아야, 몰라야?"

서기원은 박현이 인상을 찌푸리든 말든 멱살을 흔들며 고개를 문 쪽으로 들이밀었다.

"헉헉헉!"

"큼!"

"벌컥벌컥!"

활짝 열린 문 뒤로 고미호 장로는 거친 숨을 내쉬었으며, 삼두일족응은 헛기침으로 마음을 다스리는 듯했고, 강철이는 목이 탔는지 물을 벌컥벌컥 마시는 모습이 보였다.

박현은 그들을 보자 눈매를 가늘게 만들며 초도를 쳐다보았다.

"말하자면 복잡하다만."

"그냥 복잡한 게 아니어야."

초도의 말을 서기원이 이어받았다.

"뭔데?"

"봉이 하늘 제사를 통해 하늘의 힘을 받았어야."

"하늘의 힘?"

"정확히는 소별왕의 권능이에요."

미랑이 서기원의 말을 좀 더 자세히 풀었다.

"그래서?"

"하늘 제사가 끝나기가 무섭게 필방을 불러 피의 숙청을 벌였어요."

박현은 봉황회 내부에 대한 일은 자세히 알지 못하기에 좀처럼 이해하지 못했다.

"그러니까."

미랑은 시간을 들여 박현에게 봉황회 내부의 알력과 필방의 존재, 그리고 그들을 따르는 재앙의 일족에 대해 설명해주었다.

"그러니까 두억시니도 필방의 수하들이었던 말인가?"

"확실해요. 두 눈으로 보았으니까."

미랑은 이를 갈며 대답했다.

"흠."

박현은 고개를 돌려 강철이와 고미호, 삼두일족응을 쳐다보았다.

닷발괴물.

필방의 직속 부하라 하니, 이 사달을 만든 건 자신이었다.

"이해되셨나요?"

"대충."

박현은 초도를 쳐다보았다.

"이들은 네게 힘이 되어줄 거다."

"과연 되어줄까요?"

박현은 피식 웃음을 터트리며 강철이와 고미호, 그리고 삼두일족응을 쳐다보았다.

"어떻게 하면 저를 잡아먹을까 하는 게 눈에 훤히 보이는데……."

박현은 의자 등받이로 몸을 기대고 다리를 꼬며 세 장로를 쳐다보았다.

정확히는 강철이었다.

"본인만 그렇게 느끼는 건가요?"

그 말에 강철이가 묘한 표정으로 씨익 웃음을 지어 보였고, 박현의 입 꼬리도 씨익 말려 올라갔다.

*　　*　　*

드르륵—

강철이는 자리에서 일어나 박현 앞으로 걸어와 섰다.

"이렇게 보게 되는군. 강철이라 하네."

강철이는 호방한 목소리로 두꺼운 손을 내밀었다.

"박현입니다."

박현은 그 손을 잡았다.

꾹—

박현, 그리고 강철이.

누가 먼저라고 할 것도 없이 그들의 손등에서 굵은 힘줄이 불룩 튀어나왔다.

"나는 말일세."

"말하시지요."

"자네를 도울 거야."

"……."

"봉황, 그 연놈들을 죽이는 것만 도울 뿐이야. 더는 기대하지 마라. 알겠나?"

박현은 피식 웃음을 터트렸다.

강철이는 뭔가 약속한 무언가를 지키고 싶지 않아 교묘히 선수를 치고 있다는 것이 느껴졌다.

"형님."

박현은 강철이의 손을 툭 털어내며 초도를 불렀다.

"왜?"

"뭡니까?"

"뭐라니?"

박현은 눈으로 강철이를 가리켰다.

"단지 봉황을 죽이는데 한 팔 거들라고 데려온 건 아닌 듯싶어 보입니다."

"막내, 눈썰미가 좋은데."

역시나.

"뭐냐하면……."

"됐습니다. 들어봐야 뭐합니까?"

"그럼?"

"다시 봉황회로 쫓아내죠."

"어?"

"그냥 쫓아내라고요."

박현은 짜증 난 눈으로 강철이를 쳐다보았다.

"형님의 도움을 받아 겨우 도망친 거 같은데. 어디서 조건을 달아?"

"호오."

초도는 흥미롭게 둘을 쳐다보았다.

강철이는 생각보다 센 박현의 반응에 표정이 슬쩍 구겨졌다.

그러거나 말거나 박현은 고개를 틀어 고미호를 쳐다보았다.

"고 장로?"

박현은 미랑을 슬쩍 일견한 후 다시 고미호를 쳐다보며

물었다.

"……반가워요."

"반가운 건 반가운 거고. 같은 생각인가?"

"나는."

고미호를 강철이의 눈치를 슬쩍 보았다.

"훗."

박현은 비웃음을 삼키며 삼두일족응을 쳐다보았다.

"응 장로가 되시겠군."

"그렇네."

"어쩌실 겁니까?"

"나는 봉황을 죽일 수 있다면 누구라도 상관없네. 하지만 그 후에는 자유로워지고 싶군."

"알겠습니다."

박현은 고개를 끄덕이며 백택을 쳐다보았다.

"나는 해태 님께 가려 하네."

"해태 님이라."

하긴 백택과 해태 사이에 자신이 모르는 끈끈한 인연이 있는 듯 보였다.

"그럼 대충 결론이 났네요."

그렇게 말한 박현은 삼두일족응을 쳐다보았다.

"식객(食客)이라 하죠. 일단 저랑 함께 움직이시죠."

"군식구는 되지 않을 터이니 걱정 마시게."

삼두일족응은 자리에서 일어나 박현에게로 다가왔다.

"급한 일이 있어 당장 움직여야 하는데 어찌하시겠습니까?"

"함께 움직이지."

삼두일족응은 마음을 굳힌 모양인지 조금의 망설임도 없었다.

"기원아, 너는 어찌할 거야?"

"응? 아! 맞다."

서기원은 잠시 까먹고 있었다는 듯 손바닥으로 머리를 탁 쳤다.

"시간이……. 휴우—."

시간을 확인한 서기원은 안도의 한숨을 내쉬었다.

"맞아야."

"뭐?"

"나 좀 늦게 출발해야."

"왜?"

"히히히."

박현의 질문에 서기원이 희희낙락 웃음을 지었다.

"내 쫄다구 싹 다 챙겨왔어야."

"수는?"

"오십!"

서기원은 손가락 다섯 개를 활짝 펼쳤다.

"그만하면 확실히 도움이 되겠다."

희소식이었다.

제대로 손발을 맞추지 못하는 강철이나 고미호보다는 차라리 저들이 낫다.

"형님."

"어?"

"뭐하십니까?"

"……?"

박현은 턱으로 강철이와 고미호, 미랑이를 가리켰다.

그냥 협박성 발언인 줄 알았는데 박현의 표정을 보아하니 진심이었다.

"정 마음에 쓰이면 대충 아무 곳에 던져놔요. 알아서 잘 살겠지."

"큼!"

강철이의 표정이 더욱 굳어졌다.

잠시 초도가 어영부영하자 박현은 고개를 슬쩍 들어 천장을 쳐다보았다.

"귀수산 형님."

박현은 목소리에 신력을 살짝 실어 그를 불렀다.

《혀~~~, 형~~님~~이~~라~~고~~ 불~~렀~~나?》

귀수산이 깜짝 놀란 목소리로 반문했다.

"형님의 친구면 형님 아닙니까?"

스르르륵—

박현의 물음에 바닥에서 찰흙 같은 것이 뭉글뭉글 올라왔다. 그 찰흙은 마치 닌자거북이처럼 외형을 갖춰갔다.

"귀수산 형님?"

《아, 안~~녕~~~.》

귀수산은 손을 슬쩍 들어 인사하고는 부끄러운 듯 얼른 손을 내리며 몸을 꼬았다.

그 모습이 무척이나 당황스러웠다.

"아이고야, 형님!"

그때 서기원이 나섰다.

서기원은 귀수산을 꼭 잡았다.

"도깨비 서기원이라고 해야. 의동생 친구여야."

《어, 어~~~?》

"왜 그래야? 동생 친구도 동생이어야. 안 그래야?"

《그~~~런~~~가?》

"그럼야. 당연한 거지야."

서기원은 박현의 종아리를 뒷발로 툭툭 쳤다.

"그, 그럼."

당황스러운 건 당황스러운 거고.

"부탁부터 드려야 해서 죄송합니다만, 동생이 부탁 하나만 해도 되겠습니까?"

《 도~~, 동~~생~~의~~~ 부~~탁~~인~~데~~~ 형~~이~~~ 안~~~ 들~~어~~줄~~~ 수~~는~~~ 없~~지.》

"그럼 저기 강 장로하고 고 장로, 저들을 따르는……."

"여우 일족들하고, 거구귀, 이수약우 일족."

서기원이 재빨리 누구누구가 저들의 편인지 알려주었다.

《알~~았~~어~~~. 모~~두~~~ 내~~~ 쫒~~을~~게.》

느릿하게 귀수산이 강철이와 고미호, 미랑을 향해 몸을 돌렸다.

"자, 잠깐!"

강철이가 소리치며 초도를 쳐다보았다.

"이러는 법이 어디 있소?"

"이러는 법이라. 분명 내 그대를 데려올 때 말한 것 같은데. 안 그런가?"

"그럼 저 아이가 당신들의 주군이라고? 이게 말이 된다 생각하나?"

강철이는 일단 지금의 상황을 피하고자 하는 모습이 역력했다.

"맞다. 우리의 막내이자 우리의 주군이지."

초도도 슬슬 짜증이 나기 시작했던지 눈살을 슬쩍 찌푸리며 확고한 목소리로 말했다.

"쓸데없는 분란 일으키지 말고. 받아들이든가, 아니면 가라."

그 말에 강철이는 입술을 지그시 베어 물었다.

"이대로 봉황을 찾아가 그대들에 대해 말하면."

"이 새끼들이 좋은 말로 하니까 본신이 우스운 모양이군."

초도는 자리에서 일어나 강철이 앞으로 걸어갔다.

"해. 하고 싶으면 해."

초도는 고개를 돌려 고미호와 미랑이를 쳐다보았다.

"너희들은?"

"나, 나는……."

이 와중에도 고미호는 선뜻 대답하지 않았다.

"언니."

미랑이가 그런 고미호의 손을 움켜잡았다.

짧은 눈빛 속에 많은 이야기가 오갔다.

"……따를게요. 하지만 당장은 아니에요."

"어, 언니."

"진신, 진신을 찾으면 주군으로 섬기고 따를게요."

"자존심이 상한다 이건가?"

초도가 물었다.

"아무리 이 소녀가 약해도 천외천이에요. 그 정도는 이해해줘요. 안 그런가요?"

고미호는 초도가 아닌 박현에게 승낙을 구했다.

"그 정도는."

그 정도는 충분히 받아줄 수 있었다.

"고 장로!"

얼마나 화가 났던지 강철이의 부릅뜬 눈은 핏발로 가득 차 있었다.

"미안해요. 우리 아이들을 위험에 빠트리고 싶지 않아요. 그러지 말고……."

고미호는 마지막 정을 생각해 그를 설득하려 했다.

"아니."

강철이는 고개를 저었다.

"이제 다시는 누군가의 밑에 들어갈 생각은 없다."

곧 죽어도 야망인가 보다.

"어디로 갈 건가?"

"원하는 곳으로 보내줄 수 있나?"

"내 힘이 닿는 곳이라면."

"중국. 중국으로 보내줘."

어느 정도 마음을 굳힌 듯 강철이의 목소리는 누그러져 있었다.

"중국이라."

"왜, 이제 와서 못 보내주겠나?"

"보내주지."

초도의 대답에 강철이는 박현을 향해 고개를 돌렸다.

"너."

강철이는 박현을 노려보며 입을 열었다.

"말해."

박현의 반말에 강철이의 눈썹이 꿈틀거렸다.

"하긴 봉황을 죽이겠다는 놈이 그 정도 배짱은 있어야겠지."

"용건만."

"큿."

강철이는 쓴웃음을 지었다.

"자리를 잡으면 인편을 보내마. 본좌 역시 봉황의 목을 원하니까."

"고민해 보지."

"그리고 본좌는 돌아온다."

강철이의 말에 박현은 몸을 틀어 그와 정면으로 마주 섰다.

"본좌는 이 땅을 가질 것이다. 삼족오가 그랬던 것처럼, 봉황이 그랬던 것처럼. 이 땅에 나의 형상을 뿌리 깊게 박을 것이다."

"할 수 있으면, 해 봐."

박현은 하얀 이를 드러내며 이죽거렸다.

"크크크, 크하하하하하."

강철이는 그 웃음에 대소를 터트렸다.

"다들 건강하라고."

강철이는 초도를 쳐다보았다.

"중국은 힘들어. 북으로 보내주지. 거기서부터는 알아서 가."

"북이라. 그러지."

"거구귀, 이수약우 일족이면 되나?"

"그래."

초도가 손을 휘젓자 강철이 아래로 검은 그림자가 만들어졌다.

"또 보자. 어린 친구."

강철이는 마지막까지 자존심을 지키려는 듯 씨익 웃었다.

"다시 보면 그대는 내 발 아래 조아리게 될 거야."

강철이는 피식 웃으며 검은 그림자로 몸을 날렸고, 이내 모습을 감췄다.

〈다음 권에 계속〉

*용어

1) 귀수산(龜首山): 삼국유사에 등장하는 거대한 바다 요괴이다. 거북 머리의 산이라는 이름처럼 수백 미터의 길이에 거북이를 닮았으며, 등껍질에는 숲이 만들어져 있어 마치 거대한 섬처럼 보인다 한다.

DREAMBOOKS★

DREAMBOOKS★

DREAMBOOKS★

DREAMBOOKS★